누만시아

·

사기꾼 페드로

누만시아 · 사기꾼 페드로

La Numancia
·Pedro de
Urdemalas

미겔 데 세르반테스 지음
김선욱 옮김

책세상

일러두기

1. 이 책은 세르반테스Miguel de Cervantes Saavedra의 《희곡 전집*Teatro Completo*》[(eds.) Florencio Sevilla Arroyo · Antonio Rey Hazas(Barcelona : Planeta, 1987)]에 실린 〈누만시아La Numancia〉와 〈사기꾼 페드로Pedro de Urdemalas〉를 온전히 옮긴 것이다. 좀더 정확히 번역하기 위해 영역본을 참조했으며, 〈누만시아〉는 Raymond R. Mac Curdy가 편집한 *Spanish Drama of the Golden Age : Twelve Plays*(New York : Appleton Century Crofto, 1971)를, 〈사기꾼 페드로〉는 Walter Starkie가 영역하고 편집한 *Eight Spanish Plays of The Golden Age*(New York : The Modern Library, 1964)를 참조했다.
2. 본문 뒤에 실은 주는 독자의 이해를 돕기 위한 옮긴이주이다.
3. 맞춤법과 외래어 표기는 1989년 3월 1일부터 시행된 〈한글 맞춤법 규정〉과 《문교부 편수자료》, 《표준국어대사전》(국립국어연구원, 1999)에 따랐다.

차례

— 누만시아 —

Miguel de Cervantes Saavedra

| 등장인물 |

· 스키피오[1] 로마의 스페인 원정대 총사령관
· 유구르타[2] 로마의 장군, 스키피오의 부관
· 가이우스 마리우스[3] 로마의 장군, 스키피오의 부관
· 퀸투스 파비우스 로마의 장군, 스키피오의 동생
· 로마 병사 네 명
· 누만시아 사절(使節) 두 명
· (인격화된) 스페인
· (인격화된) 두에로 강(江)[4]
· 개울을 상징하는 아이 세 명
· 테오헤네스 누만시아 사람
· 코라비노 누만시아 사람
· 누만시아의 행정관 1, 2, 3, 4
· 마르키노 누만시아의 마법사
· 모란드로[5] 누만시아 사람
· 레온시오 누만시아 사람
· 누만시아의 사제(司祭) 1, 2
· 시종 일곱 명
· 사내 1, 2 누만시아 사람
· 밀비오 누만시아 사람
· 악마
· 시체
· 누만시아 여자 1, 2, 3, 4
· 리라 누만시아의 처녀
· 누만시아 시민 1, 2
· 어머니와 두 아들
· 소년 리라의 동생
· 누만시아 병사
· (인격화된) 전쟁
· (인격화된) 병(病)
· (인격화된) 굶주림
· 테오헤네스의 부인과 두 아들과 딸
· 세르비오 누만시아 소년
· 바리아토 누만시아 소년
· 누만시아 시민 3
· 에르밀리우스 로마 병사
· 림피우스 로마 병사
· (인격화된) 명성

| 1막 |

(먼저 스키피오와 유구르타가 나온다.)

스키피오 로마원로원이 내게
너무나 어렵고 막중한 임무를 맡겼어.
이제 지치고 힘들어서
정신을 차릴 수가 없군.
누가 수많은 로마인의 목숨을 앗아간
이놈의 지긋지긋한 전쟁을 끝내고 싶지 않겠는가.
아! 전쟁을 다시 시작해야 하는데,
그 누가 두려움에 떨지 않을 수 있는가?

유구르타 누구라니요, 각하? 각하께서는
누구도 갖지 못했던
행운과 용맹을 지니고 계십니다.

그러니 반드시 승리하실 것입니다.

스키피오　힘이 신중하게 발휘된다면
높은 산도 개간하여 옥토로 만들 수 있겠지만
미쳐 날뛰는 광폭한 힘은
옥토도 황무지로 만들어버리지.
한데 내가 보건대,
지금 우리 군대의 광분은
더 이상 어쩔 도리가 없는 것 같네.
과거에 거둔 승리와 영광은 다 잊어버리고,
방탕한 생활에 젖을 대로 젖어 있으니 말이네.
그래서 나는 우선 우리 군대의
정신 상태를 고쳐놓은 다음에,
적을 정복하기로 했네. 이리 오게, 마리우스!
(마리우스가 등장한다.)

마리우스　예, 각하!

스키피오　즉시 전 부대에 하달하라.
할말이 있으니
지체 없이 지금 당장
연병장에 모이라고 하게.

마리우스　즉시 시행하겠습니다.

스키피오　서둘러. 모두에게 그들의 방탕한 생활을 일깨워 주고
새로운 내 계획을 전달하겠다.

(마리우스가 퇴장한다.)

유구르타　각하, 우리 병사 중에 각하를 두려워하지 않는다거나
존경하지 않는 자는 한 사람도 없습니다.
각하의 비할 데 없는 용기는
북쪽 끝에서 남쪽 끝까지 알려져 있기 때문입니다.
각하의 명만 기다리고 있는
우리의 용감무쌍한 병사들은
진군나팔이 울리기만 하면
찬란한 공훈을 세울 것입니다.

스키피오　우선 모두
새롭게 정신을 무장해야 해.
그렇게 하지 않고 어떻게
영광스러운 명성을 얻을 수 있겠는가?
만약 정신의 해이를 고치지 않고
그 뿌리를 키워 나간다면,
이 악의 근원은 어떤 적보다도
더 무서운 전쟁을 일으킬 것이네.
(무대 뒤에서 북이 울리며 포고령이 울려 퍼진다.)

목소리　사령관님께서 명령하신다.
부대의 전 장병은
완전 무장하고

중앙 연병장에 집합하라.
나타나지 않는 자가
있을 시에는 그를
로마군의 명단에서
제명할 것이다.

유구르타 저도 악습을 강력히 통제해야 한다는 것과
병사가 불의를 저질렀을 때,
그것을 단호히 다스려야 한다는 것을
믿어 의심치 않습니다.
제아무리 형형색색의 화려한 군기(軍旗)와
막강한 기병 중대를 자랑하는 군대라 할지라도,
정의의 이름으로 다스려지지 않으면
그 힘은 약해질 수밖에 없기 때문입니다.

〔화승총(火繩銃) 없이 구식으로 무장한 군사들이 우쭐거리며 들어오자 스키피오가 근처에 있는 바위 위로 올라가 연설한다.〕

스키피오 그대들의 용맹한 기상과 늠름하고
화려한 장식을 보니
그대들은 분명 로마의 장병들이다.
강력하고 용감무쌍한 백전불패의 로마군 말이다.
그러나 그대들의 섬세하고 하얀 손과
윤기 흐르는 얼굴을 보면,
그대들이 마치 영국 땅에서 편하게 지내고 있거나

플랑드르인의 자식인 것 같다.[6)]
제군이여, 당연히 해야 할 일을
쳐다보지도 않는 그대들의 태만함은
무너진 우리의 적들을 다시 일어나게 하고,
그대들의 힘과 명성을 무너뜨리고 있다.
적의 성이 비록 돌로 지어져 튼튼하다 할지라도,
아직도 이렇게 건재하게 버티고 있다는 것은
바로 그대들의 나태함 때문이다.
그대들은 이름만 로마군이다.
그대들은 로마라는 이름만으로
전 세계가 벌벌 떨 것이라고 생각하는가?
그대들 스스로의 힘으로 스페인을
정복하고 싶지 않은가?
참으로 이상한 나약함이다.
이 나약함은 무엇인가? 사령관은
이 나약함이 나태함에서 비롯되었고,
바로 이 나약함은 군의 사기에 치명적이라 생각
하는 바이다.
비너스[7)]의 유약함은 절대로
마르스[8)]와 함께 갈 수 없다.
비너스는 즐거움만 좇으려 하고,
마르스는 적에게 타격을 맹렬히 주는
방법만 좇으려 하기 때문이다.

사랑의 여신과는 잠시 떨어져 있을 때다.
축제와 먹을 것만 찾는 그녀의 자식들은
우리 군의 막사에서 떠나야 할 것이다.
그대들은 단순히 창과 투구만으로
이 성벽을 무너뜨릴 수 있다고 생각하는가?
단지 병사와 무기가 많다는 이유만으로
전쟁에서 이길 수 있다고 생각하는가?
신중에 신중을 기하지 않으면
우리의 모든 계획은 실패로 돌아갈 것이다.
아무리 우리 군의 전력이 강하다 할지라도
얻는 것은 거의 없을 것이다.
그러나 군사적 효율성을 갖는다면,
비록 적은 수의 군사라 할지라도
능히 승리를 쟁취할 수 있고,
그대들의 전과는 태양처럼 빛날 것이다.
그러나 태만함에 빠져 있다면,
비록 우리가 세계를 지배하고 있다 하더라도,
잘 훈련되고 군기가 확실히 잡힌 적들에 의해
한순간에 궤멸될 수 있을 것이다.
부끄러운 줄 알아야 한다, 그대들이여.
유감스럽게도 얼마 안 되는 적들이
저 누만시아 성에 포위되어 있으면서도
아직도 오만하게 버티고 있다.

벌써 16년이 지났다.[9)]
그동안 전쟁을 하면서
저들의 성난 손이
얼마나 많은 우리 로마 형제를 무찔렀는가?
그대들은 무기에는 손도 대지 않은 채,
비너스와 바코스[10)]를 가까이 하면서
저급하고 유약하고 경박한 욕망에 빠져 있다.
이제 그대들은 자신을 먼저 이겨야 할 것이다.
자, 이제 일어나라! 우리가 계속 누워 있다면
조그만 스페인 도시가 로마군에 대항할 것이다.
그들은 함락이 가까워질수록 더욱 공격적으로 나
올 것이다.
더러운 매춘부들을 영내에서
나가게 하라.
모든 문제의 원인인
그들이 먼저 사라져야 한다.
앞으로는 물 마실 잔 하나면 충분하다.
창녀들과 함께했던 달콤한
잠자리는 모두 없앨 것이다.
앞으로는 보릿단과 맨땅에서 자야 할 것이다.
영내에는 오직 송진과
타르 냄새만 나게 하라.
맛 좋은 음식을 마음껏 먹지도 못할 것이다.

각자 직접 요리할 수 있는 도구를 가지고 다녀라.
전쟁 중에 어찌 이런 우아함이 있을 수 있단 말인가?
멋있는 갑옷은 당장 버려라.
누만시아에 스페인 놈들이 살아 있는 한
절대로 편안한 생활을 하지 못할 것이다.
그대들이여, 그대들에게 나의 정당한 명령이
지나치지 않을 것이라 믿는다.
이렇게 함으로써 그대들이 임무를 신속히
수행해 마침내 유종의 미를 거둘 수 있기 때문이다.
물론 처음에는 어려움이 따른다는 것을,
본관도 잘 알고 있다.
그러나 지금까지 계속된 습관을 바꾸지 않는다면
전쟁은 끝없이 지속될 것이다.
푹신한 침대에서 포도주와 여자나 즐기면서
어찌 전쟁을 할 수 있겠는가?
지금까지와는 달리 준비하도록 하라.
다른 길을 찾아라. 군기를 높이 올려라.
각자의 운명은 스스로 개척하는 것이다.
그러나 지금 이곳에는 어떠한 행운도 오지 않는다.
나태함으로는 행운을 바랄 수 없다.
근면함을 약화시키고 나아가 제국과 왕실까지도

위태롭게 한다.
그러나 본관은 그대들이 결국에는
자랑스러운 로마군의 위상을 보여주어
성 안에 있는 야만적인 스페인 반란군을
진압할 것을 확신한다.
그대들에게 약속하나니,
만일 그대들이 이 과업을 성실히 수행한다면,
그대들의 수당을 올려줄 것이며
내 입으로 그대들을 칭송할 것이다.
(병사들이 서로의 얼굴을 쳐다보면서 가이우스 마리우스에게 신호를 보내자 그가 모두를 대신해 다음과 같이 대답한다.)

마리우스 사령관 각하, 저들을
잘 보아주십시오.
저들이 지금 각하의 짧은 연설에
감화되어 그들의 안색이 변해
창백해진 것을 보셨을 줄로
압니다. 스스로
부끄럽고 괴로워서
안색이 굳어지고 혼란스러워 하고 있습니다.
자신들의 잘못으로 얼마나 한심한 지경까지
이르렀는가를 보고 자신을 부끄러워하고 있고,
각하의 질책에 어떤 변명거리도

찾지 못하고 있습니다.
또한 그러한 잘못을 저질렀다는 두려움에,
그리고 저렇듯 나태의 늪에 빠져 있다는 자책감에
자신들의 의무를 행하기 전에
스스로 자결하는 편이 낫다고 생각하고 있습니다.
하지만 아직 실책을 만회할
기회는 있습니다.
그러니 너무 지나치게
걱정하지 않으셔도 될 것입니다.
오늘부터 이들 중 몇몇은
자발적인 의지력으로
장군께 충성을 다하여
자신들의 재산과 목숨과 명예를 바칠 것입니다.
각하, 저들의 신성한
제안을 받아들이소서.
그리고 저들이 결국 결코 기백을 잃지 않는
자랑스러운 로마군이라는 것을
생각해주소서. 그리고 그대들은
나의 뜻에 따른다는 의미로
오른손을 높이 들라.

군인 1 우리 모두 장군의 뜻을 따르겠습니다.

군인 2 맹세합니다.

모두 맹세합니다.

스키피오 그대들의 가슴에 용기가 자라고 있고
지난날의 악습을 버리고 새로운 자세를 다잡고 있으니,
그 맹세에 대한 나의 신임은 오늘부터 더욱더 커질 것이다.
그대들의 맹세가 바람처럼 사라져서는 안 될 것이다.
전투에서 그 맹세가 사실임을 보여야 할 것이다.
나의 약속이 지켜지기 위해서는 그대들의 맹세가 지켜져야 할 것이다.

군인 1 각하, 누만시아에서 무장하지 않은
사절 두 명이 왔습니다.

스키피오 왜 들어오지 않느냐?

군인 1 출입 허가를 기다리고 있습니다.

스키피오 사절이라면 허락한다.

군인 1 누만시아 사절단입니다.

스키피오 들어오게 하라. 비록 놈들은 항상 뭔가를 감추고 있을 테지만 말이다.
적들은 항상 진실을 감추고 있지.
그러나 그것을 아무리 기술적으로 감추고 있다 할지라도
조그마한 틈은 보일 수밖에 없어.
그러면 우리는 놈들이

감추고 있는 것이 무엇인지를
감지할 수 있을 테고 말이야.
그래서 적들의 말을 들어보는 것은
항상 실보다는 득이 많은 법이지.
수많은 전쟁 경험이 그러한 사실을 나에게 가르쳐주었다.
(누만시아 사절이 두 명 등장한다.)

사절 1 위대하신 사령관 각하, 저희의 뜻을 전할 기회를 주신다면,
지금 여기에서 말씀드려야 하는지 아니면
사령관 각하께만 말씀드려야 하는지, 하명해주시옵소서.
저희는 각하의 뜻에 따를 것이옵니다.

스키피오 어디든 그대들이 좋을 대로 하라.

사절 1 우선 저희의 안전을 보장해주신
사령관 각하의 자비로움에 깊은 감사를 드리며,
저희가 온 이유를 말씀드리겠나이다.
제가 살고 있는 누만시아가
로마의 최고 사령관이시며,
태양과 달조차 한 번도 범접하지 못한
불패의 사령관 각하께 저를 보냈사옵니다.
저희는 누만시아와 로마에 많은 고통을 안겨준
지난 수년간의 잔인하고 복잡하게 얽힌

지긋지긋한 전쟁을 끝내고
화해의 손길을 청하고자 하옵니다.
만일 견디기 힘들고 폭압적인
집정관의 지배가 거두어진다면,
누만시아는
결코 로마에서 벗어나지 않을 것이옵니다.
저들은 잔혹한 법령과 끝없는 탐욕으로
저희에게 너무나
무거운 멍에를 씌웠기 때문에,
저희는 힘으로 그 멍에에서 벗어나려 했사옵니다.
그리고 이토록 오랫동안
전쟁을 해오면서
저희는 평화 협정을 해볼 만한
어떠한 로마의 장군도 찾지 못했사옵니다.
그러나 지금은 운명의 여신이
배를 평화의 항구로
인도하시길 원하셨사옵니다.
그래서 저희는 돛을 내리고 협상에 나서게 된 것
이옵니다.
그렇다고 저희가 두려워서
이곳에 나왔다고는 생각지 말아 주시옵소서.
누만시아의 용기와 힘은 이미
수년간의 경험에서 잘 증명되었으리라 생각하옵

니다.

각하의 덕과 용기는 저희의 마음을 부풀게 하옵니다.

저희가 각하를 저희들의 친구요 주군으로
받들 수 있다면, 더 이상 원이 없을 것이옵니다.
바로 이런 이유로 저희들이 왔사옵니다.
각하, 바라건대 부디 저희에게 답을 내려 주시옵소서.

스키피오 지금은 후회해도 너무 늦었다.
그대들이 제의하는 평화 협상은 내게 별 만족을 주지 못하니,
다시 한번 무장하고 대항해보라.
나도 내 군대가 어떻게 하는가를 보고 싶도다.
이번엔 운명의 여신이 우리에게는 승리를
너희에게는 처절한 죽음을 가져다주는 듯하구나.
지난 수년간 너희를 정복하지 못한 부끄러움으로 볼 때,
이제 와서 평화를 운운하는 건 별 실속이 없는 일이로다.
다시 한번 대항해보라. 다시 한번
그대들의 용감한 군대를 내보내보란 말이다.

사절 1 잘못된 자신감은 수많은 재앙을 불러일으킬 따름이옵니다.

지금 하시려는 것을 잘 헤아리시길 간청하나이다.
각하, 오만함은 저희의
투쟁심만 고취시키옵니다.
각하께서는 저희가 그토록 지성으로 청한
평화를 거부하셨사옵니다.
그렇기에 오늘부터 저희의 대의는
더욱더 굳어질 것이옵니다.
각하께서는 누만시아에 발을 들이기 전에,
비록 각하의 적이지만,
각하의 신하와 충실한 친구가 되려고 했던 저희의
거대한 분노에 직면하실 것이옵니다.

스키피오　더 할 말이 있느냐?

사절 2　없사옵니다. 각하께옵서는 각하의 평판에 맞지 않게
저희가 제시한 화해의 제의를 거부하셨사옵니다.
각하께서 그리 원하시니 저희도 행동할 수밖에 없사옵니다.
평화를 구하는 일은 군사를 일으키는 일과 별개의 일이옵니다.
그러니, 저희들은 저희들이 할 수 있는 한
모든 것을 다 할 것이옵니다.
각하께서도 그러시리라 믿사옵니다.

스키피오　옳은 말이다. 이제 본관이 어떻게 평화를 다루는

지,
전쟁은 어떻게 하는지를 그대들에게 보여주겠노라.
나는 그대들을 친구로 받아들이고 싶지 않다. 그대들의 땅 역시 마찬가지다.
그러니 이제 그대들은 그대들의 땅으로 돌아갈 수 있을 것이다.

사절 1 이것이 정녕 각하의 뜻이옵니까?

스키피오 그렇다고 하지 않더냐?

사절 2 그렇다면 이제 행동을 해야 될 때가 온 듯싶사옵니다.
누만시아도 전쟁을 원하옵니다.
(사절들이 물러가고 스키피오의 동생인 퀸투스 파비우스가 말한다.)

파비우스 지난날 우리가 나태했기 때문에
저들에게 저런 말을 듣게 되었다.
그러나 이제 시간이 되었다. 이제 그대들이
죽음으로 우리의 영광을 보여주어야 할 때가 온 것이다.

스키피오 공허한 자만심이
명예와 용맹을 의미하지는 않는다.
파비우스, 위협만 하지 말고 말을 아껴라.
그 용기는 전쟁터에서 보여주어야 한다.

본관은 누만시아 놈들이
절대로 쳐들어오지 못하게 할 것이다.
그들을 꺾을 수 있는 훨씬 더 효과적인 비책을 찾고 있다.
누만시아 놈들이 스스로 분별력을 잃고 제풀에 나가떨어지게 하여,
놈들 스스로 분노하게 만들 것이다.
본관은 성 주위에 깊은 도랑을 파서
그들을 성 밖으로 나오지 못하게 한 다음,
그 안에서 굶어 죽게 만들 것이다.
본관은 더 이상 로마인의 피로
이 땅을 물들이고 싶지 않다.
지긋지긋한 이 전쟁에서 저주받을 스페인 놈들 때문에
우리는 충분히 피를 흘릴 만큼 흘렸다.
그대들은 들어라, 이제 그대들의 두 손으로
저 단단한 땅을 파라.
동지들이 일으킨 먼지를 뒤집어쓰자.
적 때문에 피를 뒤집어쓰지 말자.
이 일을 하는 데
계급을 따지는 일은 있을 수 없다.
장군들도 병사들처럼 일할 것이다.
여기에 어떠한 차별도 있을 수 없다.

본관 역시 무거운 연장을 들고 땅을 팔 것이다.
모두 본관이 하는 일을 해야 한다.
그대들은 본관이 일하는 것을 보게 될 것이다.
그 점에 대해서는 모두 만족할 것이다.

파비우스 형님 각하, 역시 신중한 결정이십니다.
아무런 희망도 없이 절망에 빠져
광기만 남은 자들을
상대로 전쟁을 벌이는 것 역시
광기에 지나지 않습니다.
형님께서 말씀하신 대로,
놈들을 포위해 놈들의 용기를 뿌리째 뽑아버리는 것이
더 현명한 방법일 겁니다.
강이 흐르는 쪽만 빼고
모든 곳을 다 포위해야 합니다.

스키피오 자, 모두 가자. 나의 새로운 계획이
옛날의 영광을 다시 이루게 하리라.
하늘의 뜻이 우리에게 있다면,
스페인은 로마의 것이 될 것이다.
우리는 놈들의 자만심을
꺾어버려야 한다.

〔모두 퇴장한다. 스페인을 상징하는 한 여인이 몇 개의 탑이 세워져 있는 왕관을 머리에 쓰고 성채

(城砦)를 손에 들고 등장한다.]

스페인 평온하고 드높은 광활한 하늘이시여!
당신은 저의 땅을 비롯하여
저의 모든 것을
풍요롭게 하셨습니다.
그러니 지금 저의 고통스러운 현실을 동정해주십시오.
고통에 시달리는 저를 굽어 살피시어
커다란 근심을 달래주십시오.
저는 외롭고 불행한 스페인이옵니다.
당신은 모든 것을 불사르셨으며
저의 창자까지 태양에 드러내도록
어두운 왕국에 저주를 내리셨습니다.
지금까지 겪은 고통으로도 충분합니다.
당신은 저의 왕국을 페니키아와
그리스 폭군의 손에 넘기셨습니다.
이것은 당신이 그러길 원하셨거나 아니면
저의 죄가 그토록 크기 때문일 것입니다.
그런데 아직까지 제가
이방인의 노예가 되어야 합니까?
최소한 잠시나마 자유의 깃발을
휘날릴 수는 없는 것인가요?
저의 명망 있는 용맹한 아들들은

서로 각자의 길만 걸어갔습니다.
바로 그런 이유 때문에 제가 지금
이리도 심한 고통을 겪고 있을 것입니다.
그들은 지금껏 한 번도
한 마음이 된 적이 없었습니다.
단결이 필요한 때에도
그들은 분열했습니다.
그래서 그 분열은 결국
탐욕스러운 야만인을 이 땅에
불러들이게 되고, 잔인한 방법으로
우리의 부(富)를 가져가게 된 것입니다.
오직 누만시아만이
빛나는 칼을 뽑아 들었습니다.
저들은 피의 대가로
소중한 자유를 지켜왔습니다.
그러나 지금 저는 그 최후의 시간이
도래했음을 봅니다. 그러나
화염 속에서 불사조처럼 살아나는 그 명성은
결코 죽지 않을 것입니다.
수만 가지 방법을 다 동원하여
우리를 정복하려 하는 저 무지막지한 로마인들은,
비록 수적으로 열세지만 용맹스러운 누만시아인과
직접적인 대결을 피하려 하고 있습니다.

아! 그들의 시도가
아무런 결실도 얻지 못하고,
그들의 계획이 예상에서 벗어날 때만
이 조그만 누만시아가 살아날 수 있는 것을!
그러나 적들이 우리를 포위하고 있습니다.
적들의 무기가 우리를
겨누고 있을 뿐만 아니라,
성 주위로 깊은 도랑을 파서
우리를 앞뒤에서
옥죄어오고 있습니다.
오직 강 접경 지역만이
포위에서 자유로울 따름입니다.
이제 누만시아인은
성 안에 갇혀 있습니다.
나갈 수도 들어갈 수도 없기 때문에
어떤 공격에도 안전하기는 합니다.
그러나 그들은 오로지 바라볼 수만 있을 뿐,
자신들의 강한 힘을 쓸 수는 없습니다.
이제는 전쟁이냐 아니면 잔혹한
죽음이냐를 선택해야 합니다.
이제는 오직 두에로 강이
지나는 곳만이
포위된 누만시아를

유일하게 구할 수 있습니다.
거대하고 도도하게 흐르는 강이여,
저들이 어떠한 기계나 거대한 부동탑(浮動塔)을
물에 띄우기 전에
내 백성을 도와주길 바란다.
타호 강[11]처럼 황금빛 모래를
이리저리 휘감아 흐르는 긴 물줄기로
나의 몸을 적시고,
푸른 초원과 산이 있는 곳으로
너의 맑은 물을 흐르게 하여,
그곳에서 요정들이 자유롭게 뛰어놀면서
너를 풍요롭게 하는 자비로운 두에로 강이여,
잠시 너의 즐거움을 잊어버리고,
내게 와서 나의 커다란 근심거리에
귀를 기울여다오.
지체하지 말아다오.
사방이 막혀 위태로운
누만시아의 안전을 위하여,
제발 범람하여
저 광폭한 로마인들을
다 쓸어 가다오.

(두에로 강이 다른 세 강과 함께 등장한다. 어린이 복장을 한 이들은 당시 누만시아로 불렸던 소

리아[12] 지방에서 두에로 강과 다른 강이 합쳐지는
지류를 상징한다.)

두에로 사랑하는 어머니, 스페인이시여.
어머니의 걱정을 잘 들었습니다.
그러나 아무런 도움도
드릴 수가 없군요.
별자리에 따르면, 누만시아에
치명적이고 비참하고 슬픈 날이 왔습니다.
그런데도 그 크나큰 비극을
막을 길이 전혀 없답니다.
오브론 강[13]과 미누에사 강[14]과 테라 강[15]
모두 저로 합쳐져 제 주변이 넘쳐 날 정도로
제 한복판을 채우고 있습니다.
그러나 로마인은 저의 빠른 물줄기를 두려워하지 않고
저를 한낱 실개천으로 여겨,
도랑과 부동탑을 이용해
지금까지 어머니 스페인께서 결코 본 적이 없는 것을
시도하려 하고 있습니다.
가혹한 운명이 누만시아의
최후를 결정했습니다.
그러나 그들의 빛나는 전과는

결코 망각의 그림자 속에
묻히는 일 없이
찬란한 태양과 함께
역사 속에 도도히 전해질 것입니다.
이것을 유일한 위안으로 삼으소서.
이제 저 광폭한 로마인은
당신의 비옥한 땅에서
거만하고 탐욕스럽게
주인 행세를 할 것입니다.
그러나 운명의 축이 바뀔 시간이 올 것입니다.
프로테우스[16]의 예언에 따르면
저 오만한 로마인들은 지금 자신들의
지배를 받고 있는 자들에게 탄압받을 것입니다.
그들은 아주 먼 곳에서 당신의 땅에 들어와
당신이 원하시는 대로
로마인들을 굴복시킬 것입니다.
바로 고트족[17]입니다.
그들은 멋스러운 장식으로
전 세계에 자신들의 명성을 떨치고
당신의 땅에 정착하여
새로운 삶을 살아갈 것입니다.
지금 당신이 당하고 있는 모욕을
미래에 용맹한 아틸라[18]의 손이 복수할 것입니다.

그의 군대가 그렇게
광폭하던 로마군을 복종시키고,
그의 용감한 자손들과 다른 종족들이
바티칸을 벌벌 떨게 하여,
성스러운 배의 선장을
다른 나라로 도망가게 할 것입니다.[19)]
스페인이 로마의 목에
칼을 휘두를 것입니다.
그들은 단지 자신들의 주인인 스페인의 자비로움
때문에
숨을 쉴 수 있을 것입니다.
그때 위대한 알바노[20)]가 잠시
스페인 군대를 철수시키는데,
이는 용기가 없어서가 아니라,
일단 수적 열세를 만회하여 힘을 기르기 위한 조
치였습니다.
그리고 당신의 명성이
최고조에 이를 때,
창조자께서는 이 땅에
신의 대리자를 통해
당신의 왕들에게 가장 합당한
이름을 내리십니다.
그 왕들은 가톨릭 양왕(兩王)[21)]이라 불리는 분들

로
서고트 왕국을 계승하십니다.
하지만 당신의 명예를
가장 드높이실 분은
스페인이라는 이름을
최고의 자리에 두고
건강한 열정으로
위대한 업적을 세우시며
세계를 자신의 것으로 만드신
펠리페 2세이십니다.
그분은 그때까지
분열되어 있던 당신의 나라를
하나로 합쳐
태평성대를 여십니다.
그리고 언젠가 독립을 이룰
포르투갈이
다시 우리 스페인의
품으로 돌아옵니다.
사랑하는 스페인이시여, 수많은 나라가
당신을 부러워하고 두려워합니다.
당신은 빛나는 칼로 그들을 제압하여
당신의 깃발을 휘날리게 될 것입니다.
이것이 지금 깊은 슬픔에 빠져 있는 당신에게

조금이나마 위로가 되었으면 합니다.
그러나 이미 정해진 것은 어쩔 수 없습니다.
누만시아는 비극적인 운명을 갖고 태어났습니다.

스페인　두에로여, 그대의 말이 조금이나마
괴로운 내 마음을 위로해주는구나.
그것은 너의 예언에
어떠한 거짓도 없다는 걸 알기 때문이다.

두에로　스페인이시여, 당신에게 확언하건대,
비록 시간은 걸릴지라도 행복한 시간은 반드시 올 것입니다.
그럼 안녕히 계십시오. 요정들이 절 기다리고 있습니다.

스페인　하늘이 너의 맑은 물을 늘려주시길.

| 2막 |

(테오헤네스와 코라비노, 누만시아 행정관 네 명, 마법사 마르키노가 등장해 앉는다.)

테오헤네스 용맹스러운 여러분, 내가 보기에
슬픈 징조와 절망적인 운명이
우리에게 드리워진 듯싶소이다.
우리의 힘이 점차 빠지고 있소.
로마군이 비겁하게 우리를 포위하여
파멸시키려 하고 있소.
그러니 성 밖으로 나가 목숨을 걸고 싸우다 장렬히 죽어갈 수가 있겠소,
아니면 날개가 있어서 도망갈 수가 있겠소?
게다가 우리가 이미 수차례 굴복시킨 사람들만이

우리를 치러 오는 것이 아니라,
스페인 사람들도 우리의 목을 베러
그들과 함께 오고 있소이다.
하늘이 그러한 일을 허락지 않으시기를…….
적의 편에 서서
친구에게 해를 끼치려는 자들의
경박한 다리에 번개를 내려치소서.
보시오, 위기에서
빠져나갈 방법이 없겠소?
이렇게 오랫동안 완벽하게 포위된다는 것은
곧 우리의 죽음을 의미하오.
저들이 파놓은 넓은 도랑 때문에 우리가 힘으로
우리의 운명을 시험해보는 것은 불가능해졌기 때문이오.
물론 때때로 용맹스러움으로
수천 가지 장애물을 극복할 수는 있지만 말이오.

코라비노 오직 우리의 젊은이들만이
저 잔인한 로마 놈들에게
용맹스럽게 대항함으로써
주피터 신[22)]을 만족시킬 수 있을 것입니다.
그렇게 되면 죽음도
스페인의 가치에 해를 입히지 못하고,
우리 누만시아의 안전을 위한

길을 터줄 수도 있습니다.
그러나 우리는 지금 집 안의 여자들처럼
성 안에 꽁꽁 갇혀 있습니다.
우리의 대담한 용기를 보여주기 위해서는
우리가 할 수 있는 모든 일을 다 해야 합니다.
놈들에게 한 판 승부를 제안하는 것입니다.
저들도 지루한 포위로 상당히 지쳐 있을 것이니
어쩌면 우리와의 한 판 승부로
모든 걸 끝내길 원할 수도 있을 것입니다.
만일 우리의 소망과 달리
이 계획이 실패한다면,
비록 더 어렵기는 하겠지만
다른 방법이 있기는 합니다.
밤에 모두 함께 나가
우리를 꼼짝 못하게 하는
저 도랑과 성벽을 부수고
우리의 친구들에게 도움을 청하러 가는 것입니다.

행정관 1 도랑을 건너든지 죽음의 문을 열든지 간에,
우리는 우리의 생명을 위한 통로를 마련해야 합니다.
살날이 아직 창창한데
죽음을 생각한다는 것은 무척 고통스러운 일입니다.

물론 사는 것이 너무나 힘들고 비참하면
죽는 것이 더 나을 수도 있겠지요.
그리고 때로는 명예롭게 죽는 것이
더 나을 수도 있을 겁니다.

행정관 2　　로마군에 덤벼들어
우리의 강한 힘으로
적에게 피해를 끼치는 것보다
더 명예로운 죽음이 어디 있겠소?
만일 나가 싸우기가 겁난다면
이곳에 남아 있어도 좋소.
그렇지만 도랑이 됐건 전쟁터가 됐건
내가 원하는 것은 장렬한 죽음이오.

행정관 3　　우리를 괴롭히는
견딜 수 없는 굶주림이
너무나 무섭고 힘들어, 저로 하여금
여러분의 의견을 따를 수밖에 없게 하는군요.
죽음으로 불명예를 벗어날 수 있을 것이라 생각합니다.
그렇기에 굶어 죽기보다는
도랑에 몸을 던져
칼로 길을 열겠습니다.

행정관 4　　당신들의 계획을
실행하기 전에,

먼저 적들에게 안전한 공터에서
누만시아인 한 사람과
로마군 한 사람을
목숨을 걸고 싸우게 하여,
그 결투의 결과로 양측의 오래된 대립을
끝내자고 제안하는 게 어떻겠습니까?
로마인은 지나치게 오만한 족속이라
이 제안을 받아들일 것입니다.
만일 저들이 내가 철석같이 믿는
그 제안을 받아들인다면, 우리의 고통도 끝날 겁니다.
우리에게 적당한 사람이 한 사람 있기 때문이오.
그 사람의 용기와 힘은 매우 대단해서
로마군 세 명 정도는
문제없이 해치울 수 있을 겁니다.
또한 위대한 예언자 마르키노로 하여금
어떤 미래가
누만시아에 예정되어 있는지,
우리를 기다리는 것이
죽음인지 아니면 명예로운 결말인지를
알아보게 할 수도 있습니다.
그는 우리가 승리할지 아니면 패배할지
알려줄 수 있을 겁니다.

물론 우리는 주피터 신에게
신성한 제물을 바쳐야 합니다.
그러면 주피터 신은 아마 지금 우리가 겪고 있는 것보다
훨씬 더 좋은 보상을 우리에게 주실 겁니다.
그러고 나서 뿌리 깊은 우리의 악습을 고쳐야 합니다.
그러면 아마도 우리에게 내려진 냉정한 운명도
진로를 바꾸어 결국에는
우리를 만족시켜줄 것이라 생각됩니다.
언제든지 절망적인
죽음을 맞을 수 있습니다. 우리는
항상 영웅답게 용맹스럽게 죽기 위한
적당한 때를 기다려야 합니다.
하지만 시간이 헛되이 흐르지 않게 하기 위해,
내가 제안한 것에 대해 생각해 보시기 바랍니다.
만일 그 제안이 좋지 않다고 생각한다면 더 좋은 방법,
모두가 수긍할 방법을 이야기해보시기 바랍니다.

마르키노 당신이 제안한 방법에
전적으로 동의합니다.
신에게 제사를 드리고,
결투를 성사시킵시다.

그리고 나는 즉시
나의 힘과 과학을 이용해
우리에게 어떤 결과가
기다리고 있는지 알아보겠소.

테오헤네스 여러분이 내 능력을
믿을 만하다고 생각하면,
내가 성 밖으로 나가 제안을 해보겠소.
운이 좀 따른다면 결투가 성사될 수도 있을 것이오.

코라비노 테오헤네스님의 가치는 훨씬 더 큽니다.
테오헤네스님은 이보다 더 어려운 일도
능히 해낼 수 있을 것입니다.
테오헤네스님은 최고 중에서도 최고이니까요.
그러니 테오헤네스님이 먼저
이 명예롭고 가치 있는 일에
앞장서시지요. 그 다음에는
제가 하겠습니다.

행정관 1 그렇다면 나는 우리의 모든 백성과
주피터 신을 가장 기쁘게 해드리는 일을 할 것입니다.
우리는 진정으로 회개하는 의미에서,
제물을 바치며 제사를 지내야 합니다.

행정관 2 그럼 가혹한 굶주림이

우리를 끝장내기 전에
어서 우리가 결정한 사항을
서두르도록 합시다.

행정관 3 하늘이시여,
저희에게 내려질 운명이 가혹한 것이라면,
저희의 진심 어린 제사를 받으시어
그 운명을 바꾸어주시옵소서.

(모두 퇴장한다. 누만시아 병사인 모란드로와 레온시오가 등장한다.)

레온시오 이보게, 모란드로,
어딜 가는가?

모란드로 나도 그걸 모르는데,
어떻게 자네가 알겠는가?

레온시오 자네, 상사병에 빠지더니
머리가 어떻게 된 모양이로군!

모란드로 나는 사랑을 느낀 후
더 이성적이 되었네.

레온시오 사랑에 빠진 사람은
자신의 좌절까지
사랑할 수 있다는 것이
이미 확인되었네.

모란드로 농담에 뼈가 있는 것처럼
들리네그려.

레온시오　자네가 내 농담을 이해한 모양이로군.
자네 참 단순하구먼.

모란드로　단순하다니? 사랑에 빠지는 게 단순하단 말인가?

레온시오　사랑은 이성으로 하는 게 아니거든.
언제, 어떻게, 누구랑
하느냐가 중요하지.

모란드로　자네는 사랑에 대한 법칙을 정하고 싶은 것인가?

레온시오　이성이 그걸 정할 수 있을 걸세.

모란드로　그런 법칙은 이성적일 수는 있을지언정
아름답다고 말할 수는 없지.

레온시오　사랑 싸움에
이성이 들어설 자리는 없네.

모란드로　비록 사랑과 이성이 서로 대립되는 경우가 있다 하더라도
그 둘이 서로 반대말은 아니지.

레온시오　지금 같이 어려운 때에
자네 같이 훌륭한 군인이
사랑에 빠져 있다는 게
이성과 어긋나는 일 아닌가?
전쟁의 신이
출정을 명하는데,
어떻게 자네는 달콤한 사랑 타령에
빠져 있을 수 있단 말인가?

조국이 적들에 포위되어
위기에 처했는데,
자네는 사랑 때문에 정신 못 차리고…….
혹시 벌써 조국을 잊은 건 아닌가?

모란드로 말을 그렇게 함부로 하다니,
화가 나는군.
혹시 내 사랑이 누군가를
겁쟁이로 만들었는가?
사랑하는 여인 때문에 내가
불침번을 서지 않은 적이 있었는가?
아니면 대장님이 근무를 서시는데
내가 그녀와 함께 침대에서 노닥거린 적이 있었는가?
내가 여자 때문에,
혹은 어떤 즐거움이나
못된 버릇 때문에
내 할 일을 빼먹은 적이 있느냔 말일세.
난 어떤 잘못도 하지 않았네.
그런데 자네는 왜
단지 사랑에 빠졌다는 이유만으로
그렇게 나를 비난하는가?
지금 내가
다른 사람처럼 보인다면,

가슴에 손을 얹고
내가 이성적인지 아닌지를 생각해보게.
자네는 내가 얼마나 오랫동안 리라의 사랑을 얻
지 못해
괴로워했는지 모르는가?
그리고 드디어 우리의 시련이
끝이 났다는 걸 모르는가?
리라가 나의 아내가
되기를 원하고,
또 그녀의 아버지도
우리의 결혼을 승낙했단 말일세.
그러나 자네도 알다시피,
잔혹한 전쟁 때문에
우리의 달콤한 시절은
다 끝났네.
그래서 결혼은 전쟁이
끝난 후에 하기로 했지.
지금 같은 때에 어떻게 잔치를 할 것이며
또 어떻게 행복할 수 있겠는가?
이제 희망은
별로 없는 것 같네.
우리의 승리는 적들의 화살에
물거품이 되어버릴 걸세.

굶주릴 대로 굶주려 있는데도
도랑과 성벽 안에
꼼짝없이 갇혀
별다른 뾰족한 방법은 없고…….
우리의 희망은 바람과 함께
사라져버린 것 같으이.
그래서 이렇게 힘없이
걸어오고 있는 것일세.

레온시오 진정하게, 모란드로.
예전의 용감한 자네로 되돌아가란 말일세.
혹시 우리의 운명이
좋은 쪽으로 바뀔지 누가 알겠나?
위대하신 주피터 신께서
우리 누만시아가 로마 놈들의
손아귀에서 벗어날 수 있는 길을
알려주실지 누가 아느냐 말일세.
그렇게 되면 자네는
아내와 달콤하고 평화로운 때를
보낼 수 있을 걸세.
그때는 사랑의 불꽃이나 잘 다스리게나.
오늘 누만시아 사람들이
주피터 신께
제사 지내러

제물을 준비해올 걸세.
저기 사람들이
제물과 향을 가지고 오는군.
오, 주피터 신이시여,
저희의 불행을 굽어 살펴주옵소서!

〔그들이 한쪽으로 비키고, 낡은 제의(祭衣)를 입은 누만시아 사람 둘이 올리브와 꽃가지로 만든 관(冠)을 쓴 커다란 양의 뿔을 잡고 등장한다. 시종 하나가 은접시와 수건을 갖고 등장한다. 시종 하나가 은으로 만든 물병을, 시종 둘이 포도주병을, 시종 하나가 향이 놓인 은쟁반을 들고 등장하고, 나머지 시종들이 불과 장작을 가져온다. 시종 하나가 탁자보로 덮인 탁자를 놓은 후 시종들은 자신이 가져온 물건들을 탁자 위에 놓는다. 무대에 등장하는 모든 인물은 전통적인 누만시아 옷을 입고 있다. 사제 한 명이 양을 다른 사제의 손에 넘겨주고 말한다.〕

사제 1 길을 걸어오던 중에,
내 흰 머리가 곤두설 정도로
섬뜩한 재난의 징조가 보였네.

사제 2 내가 틀리지 않는다면,
우리는 절대로 이 운명을 벗어날 수 없을 거야.
오, 불쌍한 누만시아여!

사제 1 자, 어서 할 일을 하세.
비극적인 예언이 효력을 발생하기 전에 말이야.

사제 2 여러분, 상이 차려진 곳으로 오시오.
가져온 포도주와 향과 물을
저 위에 올려놓고
물러가 참회의 기도를 올리도록 하시오.
하늘에 바칠 제물들 중에
가장 좋은 것은
바로 깨끗한 영혼과 진실한 의지요.

사제 1 여기 화로가 있소이다.
땅바닥에서 불을 붙이지 마시오.
종교적인 경외심을 가져야 하오.

사제 2 손과 목을 씻으시오.

사제 1 이제 물을 가져오시오. 아직 불이 안 붙었소?

사내 1 제사장님, 불이 붙지 않습니다.

사제 2 오, 주피터 신이시여,
어떤 가혹한 운명을 저희에게 내리시려는 것이옵니까?
어떻게 홰에 불이 붙지 않을 수가 있사옵니까?

사내 1 제사장님, 불이 마치 살아 있는 것 같습니다.

사제 1 물러가게. 오, 희미하게 타오르는 불꽃이여,
그 모습이 참으로 슬프구나!
연기는 빠르게

서쪽으로 날아가는데,
희미한 노란 불꽃은 동쪽으로 가는구나!
참으로 불길한 징조로다!
우리의 비참한 불행은
너무나도 명백한 것이다!

사제 2 그리고 비록 로마인이 우리를 죽이고 승리를 거두더라도,
그것은 연기처럼 허망하게 사라질 것이다.
그러나 우리의 죽음과 영광은 영원히 불꽃으로 남을 것이다.

사제 1 포도주로 신성한 불을 꺼야 한다.
포도주를 가져오너라.
그리고 향에 불을 붙여라.
(사제 하나가 주위에 포도주를 뿌려 불을 끈다. 그리고 향을 피운 뒤 말한다.)

사제 2 주피터 신이시여,
절망에 빠진 누만시아를 위하여
쓰디쓴 운명의 방향을 돌려 놓아주옵소서.

사제 1 이 타오르는 불이
신성한 향을 연기로 변하게 하듯이,
적들의 힘도 연기로 변하게 해주옵소서.
영원한 아버지시여, 당신의 영광,
당신의 덕을 이루어 주옵소서. 저희는

당신이 할 수 있다는 걸 잘 알고 있사옵니다.

사제 2 하늘이시여, 도와주옵소서.
여기에 제물을 바치옵니다.
저희 역시 이 제물처럼 죽어갈 것이옵니다.

사제 1 이런 말밖에 할 수 없다니…….
절망에 빠진 백성에게
아무런 희망도 줄 수 없구나!
(무대 밑에서 돌멩이로 가득 찬 나무통이 굴러가는 소리가 나고 폭죽이 터진다.)

사제 2 이보게, 무슨 소리 못 들었는가? 말해보게.
어떤 불꽃이 날아가는 걸 보지 못했나?
그게 바로 진정한 전조일 것인데 말이야.

사제 1 뭐가 뭔지 하나도 모르겠네. 두려우이.
지금 본 게 무슨 조짐이란 말인가?
이는 결국 우리 모두에게 재난이 내린다는 징조야.
자네는 저 사납고 분노에 찬 기병 중대가 보이지 않는가?
하늘에서 독수리[23] 떼가
다른 새들과 싸우는 게 보이느냔 말일세.

사제 2 보게나, 저놈들은 힘과 정확성으로
상대방을 좁은 구석에다 몰아넣고
꾀와 기술로 포위하고 있군.

사제 1 나는 저런 불길한 점괘를 저주하고 싶네.
황제 독수리 떼가 승자라니?
이제 누만시아도 끝이야.

사제 2 재난을 알리는 독수리들아
이미 그 뜻을 알았으니, 썩 물러가거라.
이제 누만시아가 끝나는 건 시간 문제로구나.

사제 1 그렇지만 나는 이 순수한
희생물을 바쳐
무서운 신의 뜻을 달래볼 것이네.
어두운 왕국의 왕실을 차지하고 있으면서,
지옥의 끔찍한 세상을 다스리시는
위대한 플루톤[24]이시여!
당신은 그곳에서 평화롭고 안전하게 살고 계시옵니다.
바로 그런 평화와 안전 때문에, 당신은
케레스[25] 여신의 딸의 사랑을 얻었습니다.
그렇게 전혀 부족하지 않게 풍족하게 사시는 당신은,
이제 죽음의 판결을 받아
당신을 부르는 슬픈 사람들을 보게 될 것이옵니다.
지옥의 문을 굳게 닫아
머리 셋 달린 개가 뛰쳐나와

저희를 물어뜯지 못하게 해주옵소서.
그리고 저들의 무서운 계획을
바람에 날리는 양털처럼
모두 허사로 돌아가게 해주십시오.
(사제가 양털을 잘라 바람에 날린다.)
깨끗한 영혼과 깨끗한 정신으로,
이 칼로 양을 죽여
그 피로 당신을 적시옵니다.
이처럼 누만시아의 땅도
로마인들의 피로
물들이도록 해주십시오.
(악마가 무대 바닥의 틈 사이로 몸을 반쯤 드러낸 뒤 양을 갖고 무대 아래로 사라진다. 그러고는 다시 나와 불을 뿜으며 모든 제물을 사방에 뿌린다.)
누가 내 손에서 양을 빼앗아갔는가?
오, 신들이시여, 이것이 대체 무엇이란 말이옵니까?
이것이 무슨 광란의 징조입니까?
사람들의 슬픔에 젖어
울부짖는 소리가 들리지 않으시옵니까?
저들의 아름다운 노랫소리가 들리지 않으시옵니까?

사제 2 이 무서운 징조로 미루어 짐작건대,

이미 신들은 우리를 전혀
불쌍하게 여기지 않고 있음에 틀림없네.
우리의 유일한 방법은 죽는 것뿐이야.
기도를 하지 않는 게 더 나을 수도 있겠어.
좋은 건 다 남이 가져가고 우리에게 남은 건 불행뿐이네.

사내 1 결국 하늘이 비참하고 고통스러운
우리의 종말을 정하셨으니,
이제 더 이상 간청할 필요도 없겠군요.

사내 2 그렇다면 우리의 불행을
목놓아 울도록 합시다.
먼 훗날에 우리의 이야기가 전해지겠지요.
마르키노가 그의 모든 지식을 총동원해,
우리에게 얼마나 불행한 사건이 닥치는지,
웃음이 눈물로 바뀌는 운명의 정체에 대해
우리에게 직접 알려주어야 합니다.
(모두 퇴장하고 모란드로와 레온시오만 남는다.)

모란드로 이보게, 레온시오,
하늘의 존귀함으로
우리의 잘못을 씻는 방법은
정말 전혀 없을까?
이 전쟁이 끝나면
나의 불행도 끝나려나?

아무래도 이 땅이 바로
내 무덤이 되겠지?

레온시오 모란드로, 좋은 군인에게
점괘는 중요치 않네.
정말로 행운을 가져다주는
것은 바로 힘과 용기야.
그것들은 절대
헛된 상상에 놀라지 않네.
길조인지 흉조인지를 가름하는 것은 힘이고
그 결과를 예측하는 것은 용기네.
그래도 자네가
점을 믿고 싶다면,
아직 할 수 있는 일이
좀 남아 있네.
그 방면에 가장 대가인 마르키노가
일을 마칠 때까지 기다려보게.
그는 우리의 고통스러운 최후가
좋은지 나쁜지 알려줄 테니 말이야.
저기 그 사람이 오는군.
참 희한한 옷을 입었군!

모란드로 옷차림으로
사람을 알아볼 수 있다는 말이 있는데…….
저 사람 믿을 만할까?

레온시오　그럴 거야.

그래도 모르니까

그에게 뭔가를 바치자고.

(마르키노가 커다란 아마포 옷을 입고 가발을 쓴 채 맨발로 등장한다. 그는 허리에 물이 담긴 유리병 세 개를 차고 있다. 하나는 검은색이고, 다른 하나는 투명하고, 나머지 하나는 황적색이다. 한 손에는 검은 창을, 다른 한 손에는 책을 들고 있다. 밀비오가 그와 같이 등장한다. 그들이 등장하자 레온시오와 모란드로가 한쪽으로 물러난다.)

마르키노　불쌍한 젊은이가 어디에 있는가?

밀비오　이 무덤 속에 있습지요.

마르키노　확실하지?

밀비오　그럼요. 이 덩굴손으로

표시해 놓았는뎁쇼?

틀림없습죠.

마르키노　어떻게 죽었나?

밀비오　굶어 죽었습죠. 지옥에서 나온

잔인한 페스트만큼이나 무서운 굶주림 때문입죠.

마르키노　그러니까 아무런 상처도 없단 말이지?

암도 아니고, 살해당한 것도

아니란 말이지?

내가 묻는 건 모든 걸 알아야 하기 때문이야.

몸 상태가 완전한지 어떤지 말이야.
그래야 그에게 호흡을 불어넣을 수가 있거든.

밀비오 묻은 지 세 시간밖에 안 되었는뎁쇼.
그리고 말씀드린 대로 그자는
굶어 죽었습죠.

마르키노 좋았어. 길조로군.
어둠의 왕국에서
사악한 정령들을 불러내는 데
아주 좋은 조짐이야.
어둠의 왕국에서 고약한 정령들을
다스리는 플루톤 대왕이여,
내 말을 잘 들을지어다.
우선 그대에게 행운을 기원하노니.
그리고 비록 그대의 뜻에 맞지 않을지라도
지금 내가 원하는 바를
들어주기 바란다. 지체하지 말라.
그대를 심하게 다루고 싶지 않다.
내가 지금 바라는 것은,
비록 무서운 카론[26] 신이
그 영혼을 놓아주지 않고
또 지옥을 지키는 머리 셋 달린 개가 방해를 할지라도,
여기 묻힌 시체가

다시 영혼을 회복하는 것이니라.
곧 그대의 어두운 왕국으로 돌아갈
그 영혼을 다시 돌려보내라.
그자가 그곳에서
이 잔인한 전쟁에 대한 정보를
가져와야 한단 말이다.
불쌍한 영혼이 내게
아무것도 감추거나 숨겨서는 안 된다.
오직 진실만을 말해야 할 것이다.
그러니 그를 보내야 하느니라. 뭘 기다리느냐?
좀더 심하게 말해야 알아듣겠느냐?
내 말에 거역할 셈이냐?
왜 이리 굼뜬 것이냐?
왜 아직까지 아무런 대답이 없는 것이냐?
말을 잘 듣겠느냐,
아니면 그대들의 잔혹한
마음을 누그러뜨리도록
내가 좀더 강력한 주문을
걸기를 기다리는 것이냐?
이 거짓말쟁이 늙은이야,
이 목석 같은 놈아,
네놈은 내 말이 네놈의 분노와 고통을
가중시킬 수 있을 정도로 강력하다는 것을 알아

야 할 것이다.
성실하지 않은 남편이여,
그대의 아내는 그대에게 전혀 질투를 느끼지 않고
오히려 1년에 여섯 달은 그녀도 바람을 피우고 있
다.
말해보라, 왜 내 말에 대답하지 않는 것이냐?
맑은 물로 씻은 이 쇠막대기는
아직 오월의 땅에 대지도 않았다.[27)]
이것이 이 돌무덤을 깨뜨려,
내 말이 이루어지게 하리라.
(마르키노가 유리병에 담긴 깨끗한 물로 창끝을 씻고 바닥을 내리친다. 그러자 무대 아래에서 폭죽이 터지고 돌맹이가 가득 차 있는 나무통이 커다란 소리를 낸다.)
이놈, 깨끗한 물을 보더니
깜짝 놀라는 모양이로구나.
이게 무슨 소리냐? 이 못된 놈,
여기 오지는 않았지만, 놀라긴 엄청 놀란 모양이
구나!
자, 돌무덤을 열고
여기 누워 있는 자를 나에게 보여주어라.
지금 뭐하는 것이냐?
왜 이리 지체하는 것이냐?

네놈 지금 어디에 숨어 있는 것이냐?
어찌 내 명을 거역할 수 있단 말이냐?
내 말이 너무 무서워서 그러느냐?
좋다, 그럼 더 이상 위협하지 않으마.
하지만 지옥에서 가져온 이 검은 물이
너희가 지체하는 것에 대해 벌을 줄 것이다.
이것은 어둡고 컴컴한 밤에 뜬
치명적인 검은 호수의 물이다.
그 누구도 어쩌지 못할 강력한 힘을 가진 그대여,
처음에 뱀의 모습을 취해
악마의 편에 선 그대에게 명하노니,
어서 빨리 날아와 나의 명을 따르지어다.
(검은 물을 무덤에 뿌리자 무덤이 열린다.)
아, 불쌍한 젊은이여! 밖으로 나오라.
다시 맑고 고요한 태양을 볼지어다.
조용하고 좋은 날이라고는 찾아볼 수 없는 그곳에서
어서 빨리 나오란 말이다. 그리고 할 수만 있다면
그곳에서 본 모든 것을 내게 일러다오.
특히 네가 본 것이 우리와 관련된 일이라면,
그리고 네가 일러줄 수 있는 것을
내게 다 일러달란 말이다.
(수의를 입은 시체가 죽은 자의 백짓장 같은 얼굴

을 하고 등장한다. 무대 바닥에서 그의 몸이 조금씩 빠져나오더니 바닥에 쓰러져 움직이지 않는다.)

이건 또 뭐야? 이봐, 아직 제대로 살아나지 않은 게냐?

아니면 다시 죽고 싶어서 이러는 게냐?

좋다. 그렇다면 직접 생명을 불어넣어주마.

그러니 너는 내게 자세히 말해주어야 하느니라.

너는 나의 백성이니라.

그러니 피하지 말고 대답하라.

만일 계속 입을 다물고 있겠다면,

내가 억지로 너의 입을 열게 만들 것이다.

(황적색 물을 시체에 뿌리고, 채찍으로 때리기 시작한다.)

못된 악령들아, 이자가 아직도

내 말을 못 알아들은 게냐?

그렇다면 기다려라.

네놈들의 의지가 부실하고 형편없으니,

이 물로 나의 뜻을 실현시킬 것이다.

그리고 비록 이 시체가 썩어가고 있지만,

이 채찍질로 인해 가혹한 억압의 상태에서 벗어나

미약하나마 새로운 생명을 얻게 될 것이다.

(시체가 움직이면서 부르르 몸을 떤다.)

반란의 영혼이여,

이제 집으로 돌아올지어다.
이제 돌아오는구나, 그래, 이제야 널 느끼겠다.
오는 길이 고통스러웠겠지만 그래도 돌아왔구나.

시체 마르키노, 격노한 분노를 가라앉히십시오.
당신이 나의 불행을 가중시키지 않더라도
어둠의 왕국에서 고통을 겪은 것으로도 충분합니다.
충분히 고통스럽단 말입니다.
그러나 내가 다시 살아나게 되어
기쁠 거라고 생각한다면 오산입니다.
우리네 삶은 비참하고 괴롭고
게다가 짧기까지 하지 않습니까?
전에도 내게 고통을 주더니만,
이제 또다시 죽음이
나의 삶과 영혼을 무너뜨리려 하고 있구나.
악마가 나를 두 손으로 꽉 움켜쥘 것입니다.
당신을 기쁘게 하는
저 어둠의 세상에 사는 자들은
영원히 분노를 느끼면서, 내가 당신에게
비참한 최후에 대해 모든 것을
다 말할 때까지 기다릴 것입니다. 마르키노,
누만시아의 비참한 종말에 대해 알려주겠습니다.
틀림없는 사실은 누만시아가

스스로 멸망한다는 것입니다.
로마군이 강한 누만시아를
이기지는 못할 것입니다.
그러나 누만시아 역시 결코 승리하거나
영광을 누리지는 못할 것입니다.
친구와 적은 좋은 사이가 될 수 있습니다.
친구와 적은 한 곳에 있다는 말이니
평화가 올 것이라고는 생각지 마십시오.
누만시아는 친구의 칼에 죽게 될 것입니다.
(시체가 무덤 안으로 몸을 던지며 말한다.)
그만두세요, 마르키노.
내 운은 이걸로 끝입니다.
더 이상 당신과 말할 수 없습니다.
믿기 어렵겠지만 결국 내 말대로 될 것입니다.

마르키노 이 얼마나 가혹한 예언인가?
얼마나 불행한 예언이란 말인가?
만일 친구들 사이에 그런 일이 일어난다면,
나는 이 무덤에서 내 생을 마감하리.
(마르키노도 무덤 안으로 몸을 던진다.)

모란드로 이보게, 레온시오,
정령 모든 것이
나의 바람과 정반대로
가고 있단 말인가?

모든 길이 다 끊겼어.
이게 우리 운명이야.
마르키노가 말한 대로
죽음과 무덤만이 있을 뿐이라고.

레온시오 모든 것은 환상이야,
망상과 공상,
예언과 마법,
악마의 간계란 말이야.
설마 자네가 그 말도 되지 않는 걸
믿을 정도로 어리석지는 않겠지?
죽은 자는 절대로
산 사람 일에 간여하지 않는 법이야.

모란드로 마르키노가 어두운 미래를
보지 않았다면,
절대로
그런 미친 짓을 하지 않았을 거야.
이 일을 죽음의 문턱에 있는
마을 사람들에게 알려야겠지?
하지만 이 소식을 듣는다면
모두 안절부절못할 텐데…….

| 3막 |

(스키피오, 유구르타, 마리우스가 등장한다.)

스키피오 행운이 나에게 있다!
이 얼마나 만족스러운 일이냐?
나는 머리를 써서 힘 하나 들이지 않고
이 나라를 복종시킬 것이다.
심사숙고한 다음에 내린 결정이야.
지금껏 얼마나 많은 세월을
전쟁을 하면서 보냈는가.
그런데 결과는 없고 목숨만 낭비했으니…….
많은 사람이 적을 포위하는 것을
미친 짓으로 여겼을 거야.
또 우리 로마군의 정신이 해이해져서, 전통적인

전투 방법으로는
도저히 저들을 이길 수 없다고 생각했을 수도 있고.
그런 풍문이 있다는 걸 본관도 잘 알고 있다.
그러나 나는 모두가
최소한의 희생으로 승리를 쟁취하는 것이
최선이라고 생각할 것이라 믿는다.
칼로 적들을 제압하지 못하고
성을 함락시키지 못하는데,
전통적인 방법으로 전쟁을 하는 게
무슨 소용 있나?
동지들의 피로 얻은
승리의 기쁨은
희생 없이 얻은
승리의 기쁨보다 덜한 것이다.
(누만시아 성에서 나팔 소리가 들려온다.)

유구르타 사령관님, 누만시아에서 나팔 소리가 들려옵니다.
분명히 저쪽에서 무슨 할 말이 있는 모양입니다.
그런데 성벽 때문에 이쪽으로 나오지는 못하고,
그래서 나팔을 부는 모양입니다.
코라비노가 성벽 위로 올라가 비무장 신호를 보냅니다.

좀더 가까이 가보시지요.

스키피오　가까이 가자.

마리우스　더 이상은 안 됩니다. 여기서도 충분히 알아들을 수 있습니다.

(코라비노가 흰 기를 단 창을 들고 성벽 위에 나타난다.)

코라비노　로마군이여! 로마군이여,
내 말이 들리는가?

마리우스　다 알아들을 수 있으니 그렇게 고함치지 말고
차근차근 말하라.

코라비노　그대들의 사령관에게 구덩이를 건널 수 있도록 다리를 놓아달라고 하시오. 사절 한 명이 갈 것이오.

스키피오　말하라. 내가 스키피오다.

코라비노　그렇다면 잘 들으시오.
현명한 장군께서는
그동안 지난 수년간 벌어진
지긋지긋한 전쟁을
잘 생각해보십시오.
누만시아는 이 비참한 전쟁의 참상이
지속되는 걸 막기 위해,
장군께서 원하신다면,
단판 승부를 제안하는 바입니다.

즉 우리 쪽에서 병사 한 명이 나와
로마 병사 한 명과 지정된 장소에서,
가혹한 운명이 누군가의 목숨을 거두어갈 때까지
죽음의 결투를 벌이는 것입니다.
그래서 만일 우리 병사가 죽으면
우리는 우리의 땅을 바칠 것이고,
로마 병사가 주으면,
그것으로 전쟁을 끝내는 것입니다.
이 제안을 장군께서 믿을 수 있도록
인질을 보낼 생각도 하고 있습니다.
장군께서 이 제안을
기꺼이 받아들이리라 믿습니다.
장군의 병사들은
가장 별 볼일 없는 이라도
싸움터에서 항상 우리 정예 군대를
괴롭히니 말입니다.
그러니 일을 진척시키기 위해, 장군께서
이 제안에 찬성하시는지, 찬성하시지 않는지 대답하시기 바랍니다.

스키피오 네 말이 제법 그럴듯하게 들리지만,
말도 안 되는 소리 하지 마라.
만일 우리의 용맹스러운 두 팔과
로마의 칼날의 위협에서

벗어나고 싶으면,
차라리 겸허히 항복하라.
야생성과 거친 힘 때문에
우리 안에 갇혀 있는 맹수는
그 안에서 충분한 시간과
신중한 방법으로 길들여질 수 있다.
그러나 만일 그 놈을 우리에서 자유롭게 풀어준다면,
그놈이 미쳐 날뛰는 모습을 보게 될 것이다.
너희는 짐승이다. 그래서 갇혀 있는 것이고,
그 안에서 너희는 복종하는 법을 배울 것이다.
그리고 너희에게는 안됐다만,
나는 우리 병사를 한 명도 잃지 않고
누만시아를 차지할 것이다. 할 수 있으면
가장 강한 자를 보내 이 참호를 부수게 해보라.
너희는 이것이 나의 명성에 걸맞지 않는
비겁한 방법이라고 생각할 수도 있겠다마는,
그런 말은 승리와 더불어
바람과 함께 사라질 것이다.
(스키피오와 그의 부하들이 퇴장한다.)

코라비노 내 말을 더 들어보시오. 이 비겁한 겁쟁이. 도망가는 것이냐?
정정당당한 결투가 무서워서 그러는 것이냐?

지금 그대의 행동은 그대의
고명한 이름에 어울리지 않는다.
어떻게 명성을 지키려고 그러는가?
결국 그대는 겁쟁이에 지나지 않았구나.
너희 로마인은 모두 용기가 아니라
숫자만 믿고 까부는 개 같은 겁쟁이들이다.
사기꾼에, 잔인하고
떠들썩한 폭군 같은 놈들,
겁쟁이에 욕심 많은 쌍놈의 새끼들,
고집불통에 사나운 천한 것들,
세상이 다 아는 부정하고 파렴치한 놈들아,
네놈들은 용기보다는 비겁한 간계에나 능한 놈들
이로다!
우리를 여기에 가둬 죽여서
무슨 영광을 보겠다고 그러느냐?
전면전을 벌이든
사소한 충돌을 벌이든지 간에,
저 도랑이나 성벽도 방해하지 않는
훤하게 트인 벌판에서,
어떤 핑곗거리도 통하지 않는
죽음의 결투를 하는 것이,
유약한 우리를 상대하는,
용맹스럽다고 자처하는 너희에게도 좋을 것이다.

그런데 너희는 정정당당한 싸움에서
용기를 겨루려 하지 않고,
항상 그랬듯이
간계를 써서 이기려 하고 있다.
맹수의 껍데기를 뒤집어쓴 토끼야, 그래,
너희의 계획을 실행해보라.
언젠가 위대한 주피터께서
누만시아로 하여금 너희를 지배하게 하실 것이다.
(코라비노가 퇴장한 후, 이미 무덤 속에 들어간 마르키노를 제외하고, 2막 처음에 등장했던 모든 누만시아 사람이 등장한다. 모란드로도 함께 등장한다.)

테오헤네스 친애하는 시민 여러분,
우리의 운은 죽음과 더불어
막을 내릴 것 같소.
우리의 부덕함과 불운의 소치로,
여러분은 이미 비극적인 예언을 보셨으며
마르키노가 무덤 속으로 뛰어 들어가는 것을 보셨소.
결국 결투는 없었던 일이 되었소.
이제 우리가 할 수 있는 일이 무엇이 있겠소?
나는 모르겠소. 최후를 받아들이는 수밖에 없을 듯싶소.

오늘밤 불타오르는
누만시아의 용기를 보여주어야 하오.
우리가 해야 할 일을 하도록 합시다.
여기서 겁쟁이처럼 당하지 말고
벽을 깨고 나가서 적들을 물리치고
장렬한 최후를 맞이합시다.
나는 그것만이 우리가 맞게 될
죽음의 종류를 바꿀 수 있을 것이라 믿소.
비겁한 죽음이 아니라 용맹스럽고 장렬한 죽음으로 말이오.

코라비노　동의하오. 나 역시
성벽을 부수고 적들에게
대항하다 죽고 싶습니다.
그러나 한 가지 걱정거리가 있습니다.
그것은 성공 가능성이 낮은 이 계획을
여자들이 알고 있느냐 하는 점입니다.
전에도 한 번 여자들을 놔두고
성 밖으로 나가려고 했을 때,
그들이 그걸 알고 모든 재갈을 숨겨
결국 나가지 못하게 했습니다.
지금도 그때처럼
눈물을 보이면서 그럴 것입니다.

모란드로　우리의 계획은 명백합니다.

여자들 모두 이미 그걸 알고 있어요.
그리고 그것에 대해 아무도 불평하지 않아요.
그들은 운이 좋거나 나쁘거나,
죽거나 살거나 상관치 않고 우리를 따라오고 싶어 해요.
사실 그들의 동행이 우리에게 짐만 되는 데도 말입니다.
(리라와 여자 넷이 들어온다. 리라를 제외하고는 모두 품에 어린아이를 안고 있다.)
보세요, 저기 여자들이 우리에게
자기들을 놔두고 떠나지 말라고 애원하러 오고 있습니다.
비록 당신들이 철의 심장을 가졌다 하더라도 저 여자들은 당신들의 마음을 녹일 겁니다.
게다가 저들은 당신들의 연약한 자식들을 품에
데려오고 있습니다. 당신들은 저들이 어떤 말로
마지막 인사를 하려는지 알지 못하겠습니까?

누만시아 여자 1

사랑하는 남편들이시여, 지금까지 우리는
수많은 불행을 이겨내고
여기까지 왔습니다. 죽음도 그중에 하나지요.
이미 지나간 일이지만,
행복할 때도 우리는 항상 당신들의 아내였으며,

당신들은 우리들의 남편이었습니다.
그런데 하늘이 우리에게
이리도 가혹한 시련을 주시는 지금,
당신들은 왜 그 사랑을 보여주지 않으십니까?
굶어 죽기보다는 싸우다 죽기 위해서,
당신들이 로마군에게 대항하려고 그러시는 것을
저희는 너무나 잘 알고 있습니다.
이젠 배고픔이 문제가 아니라
그들의 차디찬 마수에서 벗어나는 게
불가능해 보입니다.
당신들은 생명을 버리면서 싸우려 하고 있어요.
그러면 우리 여자들은 적들의 손에 능욕당하고
결국엔 죽임을 당하게 되겠죠.
그러니 적들이 우리를
욕보이면서 죽이기 전에, 당신들이
먼저 우리의 목을 베어주세요.
이것이 저의 굳은 결의입니다.
할 수만 있다면, 전
제 남편이 죽는 곳에서 죽고 싶습니다.
죽음에 대한 두려움이
제아무리 클지라도,
기쁠 때나 슬플 때나 힘들 때나 즐거울 때나
언제나 변치 않고 사랑하는 사람은 저희를 버리

지 못합니다.

누만시아 여자 2

남성들이시여, 지금 무얼 생각하시나요?
아직도 우리를 내버려두고
떠나신다는 말도 안 되는
생각을 하고 계신가요?
혹시라도 당신들은
무지막지한 로마군에게
누만시아 처녀들을
먹잇감으로 주려는 것입니까?
당신들의 자유로운 자식들을
저놈들의 노예로 만들고 싶으십니까?
먼저 당신들 손으로
자식들을 죽이는 게 낫지 않겠습니까?
당신들은 로마 놈들의
탐욕을 충족시키려고 그러십니까?
당신들은 우리의 정의를 죽게 하고,
로마 놈들의 불의가 이기는 꼴을 보고 싶은 겁니까?
당신들은 외국 놈들이 우리들의
집을 부수도록 내버려두려 하십니까?
약속된 결혼이
로마 놈들의 노리갯감이 되어야 하나요?

지금 당신들은 엄청난 실수를
저지르고 있는 겁니다.
마치 목장에 개를 두지 않고
주인이 떠나가는 꼴이지요.
만일 성 밖으로 나가시려거든
우리를 데리고 가주세요.
우리는 당신들 곁에서 죽어가면서
생명을 얻으렵니다.
죽음을 자꾸 재촉하지 마세요.
결국 배고픔이 천천히 그러나 반드시
우리의 생명을
끊어놓을 테니까요.

누만시아 여자 3

얘들아?
지금 뭐하고 있느냐?
왜 눈물로 너희들을 두고
떠나지 말라고 애원하지 않느냐?
잔인한 로마 놈들의
가혹한 처벌을 기다릴 것도 없이,
이 지독한 굶주림이
너희를 고통스럽게 끝낼 것이다.
너희가 아버지한테서 자유롭게 태어났고
자유롭게 자랐다고 말해라.

슬픈 어미들 역시
너희를 자유롭게 키웠다고 전해다오.
그러나 우리의 운도
이제는 다했단다.
너희에게 생명을 주었듯이
죽음도 달라고 해라.
오, 성벽이여!
말을 할 수 있다면,
"자유, 누만시아!"라고
힘껏 소리 높여 수백 번이라도 외쳐라.
우리가 평화로울 때 지은
사원과 집들이여!
그대들의 자식과 아내들이
자비심을 애원하는구나.
남성들이여,
다이아몬드처럼 굳은 마음을
조금만 누그러뜨리세요.
사랑스러운 마음을 보여주세요.
성을 부수는 것 말고는
다가올 재난을
벗어날 방법이
하나도 없는 건가요?

리라 슬픔에 빠진 아가씨들 역시

싸움에 조금이라도
도움을 주기 위해
당신들을 도울 거예요.
저 탐욕스러운 자들이
우리를 약탈하도록 놓아두지 마세요.
저들은 사납고
굶주린 늑대들입니다.
당신들이 하려는 것은
절망일 뿐이에요.
오직 영광스러운 죽음만
있을 뿐이에요.
하지만 우리가
성 밖으로 나간다 하더라도,
과연 스페인의 어떤 도시가
우리를 도와줄까요?
제 소견으로는
만일 당신들이 성 밖으로 나가신다면,
적들에게 목숨만 내놓는 꼴이 될 것입니다.
모든 누만시아의 죽음 말입니다.
로마인들은 당신들의
결의를 비웃을 겁니다.
팔만 명을 상대로 겨우 삼천 명이
무엇을 할 수 있는지요?

비록 당신들이 성을 깨고
적들을 공격한다 할지라도,
죽음만이 있을 뿐,
원하는 복수는 하지 못할 것입니다.
하늘이 우리에게 삶을 내리실지
죽음을 내리실지,
그냥 운에 맡기는 것이
더 낫다고 생각합니다.

테오헤네스 사랑스러운 여인들이여,
눈물을 닦으시오. 이제 그대들의
걱정을 잘 알았으니
우리는 그대들에게 더욱 극진한 사랑을 보일 것이오.
고통이 커져서 온몸이
산산이 부서지는 것 같소.
죽든지 살든지 간에 우리가 당신들을 버리는 일은 결코 없을 것이오.
항상 당신들을 위해 모든 것을 다 할 것이오.
우리는 도망가지 않고
성 밖으로 나가 죽기를 각오하고 싸우려 했소.
죽음으로써 살 수 있고
죽음으로써 복수할 수 있기 때문이오.
하지만 당신들은 이 모든 계획을 알아버렸소.

우리의 위험을 무릅쓴 모험은 미친 짓일 것이오.
사랑하는 자식들아, 사랑하는 아내들이여,
우리의 목숨은 그 어느 때보다도 그대들 것이오.
다만 한 가지 확실한 것은
적들은 결코 우리를 꺾을 수 없으며,
저들은 우리 역사의 영원함을
지켜보게 될 것이라는 점이오.
여러분이 모두 내가 하는 말에 동의한다면,
우리의 역사는 천만 년 동안 계속될 것이오.
누만시아에는 아무것도 남아 있지 않을 것이오.
그 텅 빈 곳으로 우리의 원수들이 들어올 것이오.
광장 한복판에 불을 피워,
싼 것에서 값나가는 것까지
우리의 모든 것을
그 불길 속에 던져버립시다.
모든 걸 다 태우고
우리의 명예를 드높일 수 있다면
이 역시 괜찮은
방법 아니겠소?
그리고 뼈를 깎는 듯이 괴로운
배고픔을 잠시나마 잊기 위해
우리의 수중에 있는
로마인 포로를 죽이고 사지를 잘라,

애 어른 할 것 없이
골고루 나누어 먹도록 합시다.
아무리 잔인할지라도
그것은 스페인을 위한 우리의 마지막 만찬이 될 것이오.

코라비노 동지들, 어떻습니까? 모두들 동의하십니까?
저는 전적으로 동의합니다.
비록 이상해 보이지만
명예로운 이 계획을 어서 실행에 옮겼으면 합니다.

테오헤네스 그럼 나머지 계획을 말씀드리겠소.
내가 말한 모든 것을 실행한 다음,
우리 모두 불 속에 뛰어들어
불길을 더욱 높이 타오르게 하는 겁니다.

누만시아 여자 1
우리는 지금 당장
이곳에서 우리의 장식품들을 내던지겠습니다.
그리고 우리의 남편들에게
우리의 욕망과 목숨을 바치도록 하겠습니다.

리라 자, 그럼 서두르도록 해요. 빨리요.
어서 로마 놈들의 탐욕을 채워줄
모든 값비싼 것들을
한데 모아 불태우도록 해요.
(모두 퇴장한다. 모란드로가 리라의 팔을 잡아 세

운다.)

모란드로　리라, 잠깐 기다려봐.
죽음이 찾아오기 전에
달콤한 시간을
갖고 싶어.
잠시 당신의
아름다운 얼굴을 보게 해줘.
나의 불행은 걱정과 분노로
더욱 커져 가고 있어.
오, 사랑하는 리라,
나의 괴로움마저도
영광으로 바꾸는
꿈속에서나 볼 수 있는 비련의 주인공이여,
사랑하는 리라,
뭘 그렇게 생각하고 있어?

리라　우리의 행복이 사라져가고 있다는 걸
생각하고 있었어.
그리고 우리는 결코 포위당해
속절없이 죽지는 않을 거야.
전쟁터에서 내 목숨을 아낌없이
바칠 테니까 말이야.

모란드로　내 사랑, 지금 무슨 말을 하는 거야?

리라　비록 지독한 배고픔을 겪고 있지만

내 생명의 줄이
명예를 져버리지는 않을 거란 말이야.
한 시간 내에
죽지나 않으면 다행인데,
그리고 이런 절박한 상황에
어찌 결혼식을 꿈꿀 수 있겠어?
내 동생은 어제
굶어 죽었어.
어머니 역시
굶어 죽었지.
하지만 그 굶주림의 힘도
나를 어쩌진 못했어.
젊으니까 버틸 수 있었던 거야.
하지만 이제 더 이상은 버틸 힘이 없어.

모란드로 리라, 눈물을 닦아.
당신의 슬픔에서 태어난
나의 눈물이 강물이 되어
흐르고 있어.
비록 극심한 배고픔이
우리를 괴롭히더라도,
내가 살아 있는 한
너는 결코 죽지 않을 거야.
나는 당신을 위해서

죽을지라도

성과 도랑을

뛰어넘을 거야.

그래서 로마 놈들의

빵을 가져올 거야.

하나도 두렵지 않아.

비록 죽는 한이 있더라도,

이 튼튼한 두 팔로

당신을 살릴 거야.

곁에서 당신의 고통을 보는 것이

더 고통스러워서 그래.

이 두 팔이

예전과 같다면,

나는 놈들을 때려눕히고

빵을 훔쳐올 수 있을 거야.

리라 모란드로, 정말 날 사랑하는구나.

하지만 어떻게 내가

당신이 목숨을 걸고 가져온 것을

먹을 수 있겠어?

어떤 것이든

당신이 훔친 것으로

내 생명을 유지하진 못해.

나를 살리기는커녕 오히려 죽일 거야.

젊음을 잘 지켜.
지금 우리 도시에서는
당신의 생명이
나보다 훨씬 더 소중하니까 말이야.
당신은 적의 공격에서
우리를 지켜줄 수 있어.
하지만 이 슬픈 여인의
나약한 힘은 그럴 수 없잖아.
그러니까, 내 사랑,
그런 생각일랑 아예 하지 마.
나는 당신의 땀이나 피로 얻어진
그 어떤 것도 원하지 않아.
그리고 비록 당신이
내 생명을 며칠 더 연장시킬 수는 있을지언정
결국 우리가 이 굶주림에서
완전히 벗어날 수는 없어.

모란드로 나를 말릴 생각은
하지 마, 리라.
이건 나의 의지와 운명이
걸어가야 할 길이야.
그러니 당신은 그저 내가
무사히 일을 마쳐서
고통을 해결해달라고

신들에게 빌기만 하면 돼.

리라 모란드로, 내 사랑,
제발 가지 마.
적들의 칼이
당신을 쓰러뜨릴 거야.
내 사랑, 모란드로,
제발 하지 마.
나가는 것도 어려울뿐더러,
들어오는 건 거의 불가능해.
어떻게 하면 당신의 용기를 진정시킬 수 있을까?
하늘에 두고 맹세컨대,
내 목숨보다 당신 위험이
더 걱정스럽단 말이야.
하지만, 내 사랑, 그래도
정 뜻을 꺾지 않겠다면,
나와 함께한다는
맹세의 증표로 나를 안아줘.

모란드로 리라, 하늘이 당신을 지켜주길…….
저기 레온시오가 오고 있어. 어서 가.

리라 원하는 일을 이루고,
제발 다치지 마.
(모란드로와 리라가 말하는 것을 듣고 있던 레온시오가 등장하고 리라가 퇴장한다.)

레온시오 자네 엄청난 약속을 하더군.
모란드로, 자네가 말한 대로
사랑하는 사람의 마음에 비겁함이라고는 전혀 없었어.
비록 자네의 용기와 사랑에
희망을 걸어야 하지만, 가혹한 운명은
마음을 바꿀 뜻이 전혀 없는 것 같으이.
나는 리라가 결코 겪어서는
안 될 끔찍한 불행에 대해
말하는 것을 듣고 있었네.
그리고 자네가 그녀를 그 고통에서
벗어나게 해주려고 로마군 진영으로
쳐들어가려 한다는 것도 들었지.
친구, 나도 같이 가겠네.
정당하고 어려운 모험에
모자란 힘이지만 도움이 될 것이네.

모란드로 가장 절망적이고 불행한 시기에
보여준 그 우정,
자네는 내가 지금 얼마나 행복한지 모를 걸세.
하지만 레온시오, 자넨 성에 남아서
삶을 즐기도록 하게.
나는 자네가 죽는 걸 원치 않는다네.
나 혼자 가야 해. 나의 신성한 믿음과

진실한 사랑을 위해, 나 혼자
적들의 물건을 훔쳐 돌아와야 한단 말일세.

레온시오 내가 하고 싶은 일이 무엇인지 이미 말하지 않았나?
운이 있든 없든 간에
나는 자네와 함께 가겠네.
자네와 함께라면,
죽음이 전혀 두렵지 않네.
그 어떤 것도 내 의지보다 강할 수는 없단 말일세.
나는 자네와 함께 가야 하네.
하늘이 나로 하여금 자네를 위해 죽게 하지 않는다면,
자네와 함께 돌아오게 되겠지.

모란드로 여기 있으라니까. 안전하게
여기 있으란 말이야. 나는 이 위험스러운
계획을 실행하다 죽게 될지도 모르네.
그렇게 되면 자네가 가장 힘들 시기를 보낼
내 어머니와 사랑하는 내 아내를
위로해줘야 하지 않겠나?

레온시오 이보게, 친구, 자네는 정말로,
자네가 죽었는데 내가
고통스러워하실 자네 어머니와

슬픔에 잠긴 자네 아내를 위로할 정도로
그렇게 여유롭고 편안할 수 있으리라 믿는가?
자네 주검 옆에 내 주검이 있을 걸세.
내 결심은 이제 확고해.
그러니, 모란드로, 내게
남으라는 말은 하지 말게.

모란드로　이제 자네 뜻을 거스를 수는
없는 듯싶군. 그렇다면 오늘밤
어둠을 틈타 성벽을 넘도록 하세.
두꺼운 갑옷은 버리고
되도록 가벼운 무장을 하는 게 도움이 될 거야.
우리는 단지 양식이 될 만한 것을 훔쳐 가지고 오면 돼.

레온시오　알았네. 자네 말에 따르도록 하겠네.
(이들이 퇴장하고 누만시아 시민 두 명이 등장한다.)

누만시아 시민 1
아우야, 영혼을 쓰디쓴
눈물방울로 쏟아내라!
죽음이여, 오라! 와서 우리의
비참하고 비극적인 목숨을 앗아갈지어다!

누만시아 시민 2
이 슬픔은 이제 곧 끝날 거야.

죽음이 누만시아에
살고 있는 사람들의 목숨을 거두러
서두르고 있으니까 말이야.
우선 전쟁의 화신들이
한 치의 거리낌도 없이
우리의 옥토를 유린하는 게
눈에 선하게 보여.
공포에 떨면서 사는 게
이제는 너무나 귀찮고 화가 나.
우리는 어쩔 수 없이 죽음이라는 선고를 받았어.
가혹해도 이제는 어쩔 수 없어.
벌써 사람들이 중앙 광장에
불을 피워놓고 우리가 가진
값나가는 것들을 태우고 있어.
불길이 하늘로 치솟고 있어.
모두 슬픔에 젖어
절망에 빠진 채 서두르고 있어.
자신의 재산이 신성한 제물이라도 되는 양
그것을 불사르러 가고 있다고.
핑크빛 동양 진주와
수천 번이나 정제된 금,
다이아몬드와 비싼 루비,
고귀한 자줏빛 옷과 값비싼 옷감 등이

불길 속으로 던져졌어.
탐욕스러운 로마 놈들이
하나도 가져가지
못하도록 말이야.
(몇몇 사람이 옷 무더기를 가지고 등장해 다른 쪽 문으로 들어간다.)
비극적인 장면이군.
누만시아의 모든 것이
광란의 불꽃 속으로
빠져들고 있어.
나무 장작이나 삼나무 껍질로
불타오른 게 아니라,
마치 태우려고 지금껏 보관해온 것처럼 보이는
우리의 재산으로 타오르고 있다고.

누만시아 시민 1

이것으로 우리의 고통도
끝나게 되겠지.
이제 차분히 기다리자.
하지만 오, 하느님, 내가 들은 말이 사실이라면,
우리 모두 잔인하게 죽게 된단 말인가?
야만적인 로마 놈들이
우리의 목을 베기 전에,
우리 스스로 목숨을 버리는 것이 나을 수도 있겠

지.

여자와 아이들, 노인네들은
먼저 죽으라는 명령이 내려졌단다.
굶주려 죽는 것이 훨씬 더
비참하기 때문이지.
그런데, 아우야,
저기 좀 봐라.
한때 내가 너무나도 사랑했던 여인이
고통스러워하며 오고 있구나.

(한 여인이 한 아이를 안고 다른 아이의 손을 잡고 등장한다. 다른 손에는 불길에 던질 옷을 한 보따리 들고 있다.)

어머니 어찌 이리도 삶이 힘들단 말인가?
어째서 이리 고통스럽고 슬프단 말인가?

아들 엄마, 혹시 이것들을
빵으로 바꿔주지는 않을까요?

어머니 빵이라고? 아니다, 아들아.
먹을 것이라고는 전혀 없단다.

아들 그럼 결국 굶어
죽어야 하는 거예요?
엄마, 빵 조금만 주면
더 이상 조르지 않을게요!

어머니 불쌍한 내 새끼!

아들　　왜 안 주시는 거죠?

어머니　　안 주는 게 아니라 못 주는 거란다.
어디에도 먹을 게 없는데 낸들 어쩌겠느냐?

아들　　그렇다면 어머니, 빵을 조금만 사도록 해요.
그렇지 않으면 제가 사겠어요.
조금이라도 힘을 아끼기 위해,
여기 앉아 있다가, 지나가는
사람이 있으면, 이 옷을 다 주고
빵 한 조각과 바꿀 거라고요.

어머니　　불쌍한 것아, 이 말라빠진
가슴에서 무얼 빨고 있니?
맛을 모르겠니?
이건 우유가 아니라 피란다.
그래, 그렇게 해서라도 내 가슴을 물어뜯어
좀 먹도록 해봐라.
이제 팔에 힘이 없어서
널 안지도 못하겠구나.
사랑하는 아들들아,
이제 피밖에는
너희에게 줄 것이
없구나.
결국 굶주림, 네가
나에게 죽음을 안겨주는구나!

전쟁, 네가 오는 건
오직 나를 죽이기 위해서구나!

아들 엄마, 죽을 것 같아요!
빨리 가요. 지금 어디로
가는 거죠? 걷고 있으니
배가 더 고픈 것 같아요.

어머니 아들아, 이제 광장에 거의 다 왔다.
거기서 우리를 괴롭히는
절망, 고통, 배고픔을 모두 다
불 속에 내던지는 거란다.
(어머니와 아들이 퇴장하고 누만시아 시민 두 명만 남는다.)

누만시아 시민 2
저 불쌍한 여인은 이제 한 발자국도
걸을 수 없을 것 같아.
이렇게 비극적일 수 있단 말인가?
내겐 돌봐야 할 아이가 아직 둘이나 있는데.

누만시아 시민 1
모두 절망적으로
발걸음을 옮기고 있어.
아우야, 의회가 어떤 결정을 내렸는지 보게
서두르자꾸나.

| 3막 |

(경보 위험을 알리는 종 소리가 요란하게 들리고 이에 깜짝 놀란 스키피오와 유구르타와 마리우스가 등장한다.)

스키피오 부관, 무슨 일인가?
누가 이 시간에 종을 울린단 말인가?
혹시 죽고 싶어 하는
미친 탈영병 때문인가?
설마 반란은 아니겠지?
나는 적에 대해서는
별 걱정을 하지 않지만
아군이 더 걱정스럽단 말이야.

(퀸투스 파비우스가 칼을 들고 등장하며 말한다.)

파비우스 각하, 진정하십시오.
지금 울린 경보는
우리의 가장 용감하고
강한 병사들이 울린 것입니다.
겁 없는 누만시아 놈 둘이
대담하게도
성과 도랑을 건너
여기로 쳐들어왔습니다.
격분한 놈들은
우리의 전초 기지를 습격해
방어망을 뚫고
진지 안으로 들어왔습니다.
파브리키우스의 진지까지 온 놈들은
순식간에 아군
여섯을 쓰러뜨릴 정도로
강하고 용맹스러웠습니다.
하늘에서 내려치는 번개도
그보다 빠르지는 않았을 것입니다.
하늘을 질주하는
유성보다도 빨랐습니다.
놈들은 놀라운 솜씨를 자랑하면서,
우리 군사들을 죽이고,
이 단단한 땅을 로마군의 피로

물들이며 파브리키우스의 진지를 지나갔습니다.
파브리키우스는 가슴에 관통상을 입고,
에라키우스는 머리가 갈라진 채 죽었습니다.
그리고 알미도는 오른 팔을 잃었는데
생명이 위독하다는 보고를 받았습니다.
우리의 용맹한 에스타키오가
날렵하게
놈들에게 덤벼들었으나
결국 전사하고 말았습니다.
그들은 부지런히 여기저기를
이리 뛰고 저리 뛰고 하더니
결국 빵 몇 조각을 손에 넣고서야
분노가 좀 풀린 듯 뒤로 물러섰습니다.
그들 중 한 명은 도망갔고
한 명은 죽었습니다.
아마도 굶주림을 견디다 못해
그런 대담한 짓을 한 것 같습니다.

스키피오 간혀 굶주리면서도
이렇게 대담한 짓을 하는데,
통행이 자유롭고 자신들의 상태가
최상이라고 믿을 때는 무슨 짓을 벌이겠나?
참으로 길들이기 어려운 족속이야!
그러나 우리는 놈들의 격정적인 난폭함을

다스릴 충분한 능력이 있다.
반드시 놈들을 제압할 것이다.
(모두 퇴장한다. 도시에 종이 울리고 부상을 당해 피투성이가 된 모란드로가 한 손에 빵 몇 조각이 담긴 흰 바구니를 들고 등장하며 말한다.)

모란드로 레온시오, 자네는 안 오는가?
말해보게. 이게 무슨 일인가, 레온시오?
내가 어떻게 자네를
놔두고 혼자 왔단 말인가?
결국 자네는 그곳에 남았군,
그곳에 남았어.
자네가 나를 두고 떠난 게 아니라
내가 자네를 두고 떠나왔네.
도대체 어떻게
난자당한 자네를
이 빵 몇 조각과
바꿀 수 있단 말인가?
도대체 어떻게
자네가 죽고
나만 살아남을 수
있느냔 말일세!
잔인한 운명은
나의 죽음을 원치 않았네.

결국 나를 나쁜 놈으로 만들고,
자네를 훌륭한 사람으로 만들어버렸단 말일세.
자네는 진정한 친구의
귀감으로 남을 걸세.
나도 곧
뒤따라가겠네.
리라에게 이 피에
젖은 빵을 준 뒤
나도 곧
죽을 것이네.
이 빵은 그냥
얻은 것이 아니라
형제 같은 친구의 피로
쟁취한 것이야.
(리라가 불에 태울 옷 몇 벌을 들고 등장한다.)

리라　　내가 지금 뭘 보고 있지?

모란드로　　당신이 더 이상 볼 수 없는 것이지.
불행이 나의 최후를
재촉하고 있거든.
이거 보여, 리라?
나는 내가 살아 있는 한
절대로 당신을 죽게 하지 않겠다는
약속을 지켰어.

그래, 이제 당신에게
먹을 게 부족하진 않을 거야.
하지만 내 삶은 이제
얼마 남지 않았어.

리라 내 사랑, 지금 무슨 말을 하는 거야?

모란드로 리라, 어서 먹어. 하지만
운명은 내 생명의
줄을 끊어버릴 거야.
사랑하는 리라,
빵에 피가
묻어 있어.
아마 좀 쓸 거야.
여기 보이는 이 빵은
두 명의 친구가 목숨을 걸고
팔만 명의 적군을
상대로 구해온 거야.
내가 하는 말, 잘 알아들었지?
내가 당신의 사랑을 받을 자격이 있는 거지?
레온시오는 이미 죽었어.
나도 이제 곧 죽을 거야.
나의 정당하고 고결한 의지를
사랑으로 받아줘.
당신에겐 가장

훌륭한 식사가 될 거야.
당신은 괴로울 때나 평안했을 때나
언제나 내 사랑이었어.
내 영혼을 받아들였듯이
이제 이 몸을 받아줘!
(모란드로가 죽는다. 리라가 그를 치마 위로 안는다.)

리라 모란드로, 내 사랑!
정신 차려! 정신 좀 차려 보란 말이야!
당신의 용기가 어떻게
이렇게 빨리 사라질 수 있어?
오, 이럴 수가,
내 남편이 죽었어!
이보다 더 불행한 일은
없을 거야!
오, 내 사랑, 그토록
용기 있고, 가장 훌륭하고
사랑에 빠진 불행한 용사여!
당신, 무슨 일을 한 거야?
내 낭군이시여,
내가 죽지 않도록
당신 목숨까지 버리면서
성 밖으로 나간 거야?

나를 위해 그분이
흘린 피가 배어 있는 빵이여,
나는 너를 빵으로 여기지 않고
독으로 여길 테다.
그가 흘린 피에
입을 맞추지 않을 거라면
절대 이 빵에
입을 대지 않겠단 말이다.
(리라의 남동생이 등장해 힘없이 말한다.)

소년 리라 누나, 엄마가
돌아가셨어. 아버지도
곧 돌아가실 거 같아.
나도 역시 죽을 거 같아.
엄마는 더 이상 참지 못하고 돌아가신 거야.
그런데 지금 그거 빵 아니야?
오, 빵아, 너무 늦게 왔구나.
나는 지금 한 조각도 먹을 수가 없단다.
배가 너무 고파서
목이 답답해.
이 빵이 물이라고 해도
넘길 순 없을 것 같아.
누나가 나 대신
많이 먹어.

내가 죽으면
그만큼 빵이 남을 테니까.
(소년이 죽는다.)

리라 사랑하는 동생아, 너도 죽은 거야?
숨을 쉬지 않는구나.
이제 더 이상 살아 있지 않아!
이렇게 연달아 불행이 이어지다니!
운명의 여신이시여, 왜 이렇게
계속 고통만 주는 것입니까?
왜 일순간에 저를
고아와 과부로 만드시는 겁니까?
로마, 이 천하에 원수 놈들!
네놈들의 칼이
내 남편과 내 동생을
죽인 것이다.
내 영혼의
가장 소중한 두 사람 중에,
지금 이 순간 누구를
안아줘야 하는가?
사랑하는 남편이여, 귀여운 동생이여,
그대들 모두 똑같이 사랑한답니다.
천당이든 지옥이든
나도 곧 당신들을 따라갈 거예요.

당신들처럼
죽음을 맞으려 합니다.
칼과 굶주림으로
죽어갈 거니까요.
칼로 빵을 자르기 전에
가슴을 찌를 거야.
나처럼 절망적으로 사는 사람에게는
오히려 죽음이 더 나아.
그런데 지금 뭐하는 거지? 내가 이토록 겁쟁이였나?
팔이여, 벌써 용기를 잃었단 말이냐?
사랑하는 동생아, 사랑하는 남편이여,
곧 따라갈 테니, 기다려줘요.
(한 여인이 도망쳐 나오고 그 뒤로 누만시아 병사가 그녀를 죽이려고 단도를 들고 쫓아온다.)

여인　　영원한 아버지, 자비로운 주피터 신이시여!
제발 살려주십시오!

병사　　그대가 아무리 빠를지라도
나의 이 강한 손이 그대를 죽일 것이오!
(여인이 퇴장한다.)

리라　　날카로운 칼과 강한 팔을
내게 돌리시오.
살고 싶은 사람은 살려주고

죽고 싶은 사람은 죽여 달란 말이오.

병사 의회가 모든 여자를
죽이라는 명을 내렸지만
어느 누가 당신같이
아름다운 사람을 죽일 수가 있겠소?
부인, 나는 당신을 죽일 만큼
그렇게 못된 인간은 아니오.
다른 사람이 그 임무를 수행할 거요.
나는 원래 여자를 떠받드는 사람이라오.

리라 하늘에 두고 맹세컨대,
용감하신 병사님,
내게 베푸시는 그 자비는
오히려 내게 가혹한 처사랍니다.
당신이 나를 친구로 여긴다면,
마음을 단단히 먹고,
내 괴로운 마음을 찔러,
어서 내 목숨을 거두어 주세요.
하지만……비록 당신의 친절이 나를 슬프게 하지만
그래도 내게 친절을 베풀어주시려면,
여기 누워 있는 불쌍한 내 남편의
장례를 치르게 도와주세요.
이쪽은 내 동생입니다.

역시 숨이 끊어진 상태지요.
남편은 나를 살리려다 죽었고
동생은 굶주려 죽었답니다.

병사 그러지요. 그건 쉬운 일이니.
가는 길에 당신의
죽은 남편과 동생에게
일어난 일을 내게 말해 주시겠소?

리라 더 이상 말할 힘이 없어요.

병사 탈진하신 모양이오. 괜찮겠소?
내가 좀더 무거운 남편을 옮길 테니
당신이 가벼운 동생을 옮겨요.

〔리라와 병사가 시체를 들고 퇴장한 뒤, 왼손에 방패를 들고 오른손에 창을 든, 전쟁을 상징하는 무장한 여인이, 노란색 가면을 쓰고 붕대로 머리를 감싼 채 목발을 짚은, 병(病)을 상징하는 여자를 데리고 등장한다. 그 옆에 노란 삼베옷에 노란색 혹은 탈색된 가면을 쓴 굶주림이 들어온다. 이 역할은 남성이 할 수도 있다. 그러나 반드시 가면을 써야 한다.〕

전쟁 굶주림이여, 병마여, 생명과 건강을 해치라는
무시무시한 명령을 집행하는 나의 부관들이여.
그대들에게는 아무리 애걸복걸하거나
협박을 해도 소용이 없도다.

그대들이 나의 뜻을 잘 알고 있으니,
내 명령을 수행하는 것이
얼마나 나를 만족하게 하는 것인지를
새삼 강조할 필요는 없다고 생각한다.
실패를 모르는
가혹한 운명의 힘이
나로 하여금 슬기로운
로마군을 돕도록 하는구나.
그들이 승리하면
스페인은 망할 수밖에.
그러나 내가 마음을 바꿀 때도 올 것이다.
그때가 되면 강한 자는 멸하고 약한 자는 승리할
것이다.
비록 내게 악담을 퍼부어대는 자들이
내 진정한 능력을 무시하고 있지만,
나는 많은 어미의 희망을
무참히 깨뜨려버리는 지존이자 전쟁의 여신이다.
나는 카를로스 1세[28]와 펠리페 2세,[29]
그리고 페르난도 2세[30] 통치 시절에
스페인의 힘이 전 세계에
미칠 것임을 잘 알고 있다.
병 만일 우리의 친구인
굶주림이, 누만시아에

저런 끔찍스러운 죽음을 내리지 않았더라면,
제가 당신의 계획을 실행했을 것입니다.
그래서 로마 병사들이
지금껏 그토록 기다려왔던
승리를 손쉽게 거두어
부를 획득할 수 있게 했을 것입니다.
그러나 굶주림이 이미 자신의 힘으로
그때까지 여전히 약간의 희망을
버리지 않고 있던 누만시아의
진로를 결정했습니다.
그러나 우리가 기대했던 것과는 반대로
분노에 찬 저들은 자신들의
재산을 다 불태우고 있습니다.
저나 굶주림도 어쩔 수 없는 일이지요.
당신을 신봉하는 분노와 광기가
저들의 가슴속에 일어나,
로마군이 해야 할
피에 굶주린 사냥을 대신하고 있습니다.
거리에는 불길과 시체와 분노만이 가득하고,
저들은 죽어가면서 만족감을 느끼고 있습니다.
로마군이 승리를 거두는 것을 막기 위해,
서로가 서로를 죽이고 있는 것입니다.

굶주림 눈을 돌려

저 불타오르는 도시를 보십시오.
처절한 가슴에서 나오는
슬픔에 찬 한숨 소리를 들어보십시오.
아름다운 귀부인들의 한탄 소리를 들어보십시오.
그들의 몸은 이리저리 찢겨서
불태워지고 결국 재로 변하고 있습니다.
아버지도 친구도 애인도 어쩔 수 없지요.
마치 버려진 양들이
사나운 늑대를 피하다가,
결국 길을 잃고 여기저기를 헤매듯이,
불쌍한 어린아이들과 여자들이,
휘두르는 칼을 피해
길거리 여기저기를 도망 다니면서
허망한 목숨을 잠시나마
연장하려 하고 있습니다.
남편이 휘두른 칼에
부인의 가슴이 갈라지고,
자식의 칼에 어머니가 쓰러지고,
아버지는 상상도 하지 못할 분노로
자신이 낳은 자식을 죽이면서,
안타까워하면서도 동시에
명예를 지킨 것에 만족해하는
전대미문의 사건이 벌어지고 있습니다.

도시 전체가 온통
피와 시체로 넘쳐나고 있습니다.
칼로 죽이고 불에 태우고,
세상에서 가장 가혹한 형벌입니다.
가장 높은 탑까지
무너져버리고,
집들과 웅장한 사원들은
한 줌의 재로 변했습니다.
저걸 보십시오. 테오헤네스가
칼을 갈아 그걸로
사랑하는 부인과 어린 자식들의
목을 찌르고 있습니다.
모두 죽이고 난 후,
그는 이제 삶에 대한 의지를 버리고
가장 끔찍하고 고통스럽게
죽기 위한 방법을 찾고 있습니다.

전쟁 자, 모두가 자신의 힘을 발휘하여,
조금도 어긋남이 없이
나의 명령을
철저히 수행하도록 하라.
(모두 퇴장한다. 테오헤네스가 아내와 딸과 아들 둘과 함께 등장한다.)

테오헤네스 아버지의 사랑도 나의 무서운
계획을 방해하지 못하는구나.
너희는 이것이 우리의 명예를
지키기 위한 것임을 이해해주기 바란다.
이렇게 끔찍하게 죽어가는 걸 보는 고통
역시 말할 수 없이 크단다.
너희를 죽여야 하는
내 운명이 더 가혹하구나.
오, 내 영혼의 자식들이여,
너희들은 노예가 되지도 않을 것이며,
로마의 힘이 너희를 굴복시켜
놈들의 자부심을 드높일
승리나 명예를 얻지는 못할 것이다.
자비로우신 하늘이 우리의 자유를 위해
우리에게 알려준 최상의 길이
바로 죽음의 길이다.
사랑하는 아내여,
놈들의 탐욕스러운 눈길과 짐승 같은 손길이
절대로 그대의 가슴과 의연함에
손을 대지 못하게 할 것이오.
나의 칼이 이 괴로움에서
그대들을 구원할 것이며,
그리고 누만시아를 잿더미로 만들어

놈들의 탐욕스러운 기대를 무참히 깨뜨릴 것이다.
여보, 견딜 수 없는
로마인의 폭정을 당하느니
차라리 우리 모두 죽어버리자고
제안한 사람이 바로 나라오.
그렇기 때문에 죽음을 미룰 수 없고
내 자식들도 이제 죽어야만 한다오.

부인 여보, 정말 우리가 살아날 방법은 없는 건가요?
살 수만 있다면 얼마나 좋을까요?
하지만 그건 불가능해 보이는군요.
이제 저의 죽음이 가까이 온 것 같습니다.
로마 놈들이 우리를 베기 전에
당신이 먼저 우리의 생명을 거두도록 하세요.
하지만 죽을 때 죽더라도
신성한 디아나[31] 신전에서 죽고 싶어요.
그곳에서 우리를 죽인 다음
불에 태워주세요.

테오헤네스 그렇게 하도록 합시다. 자, 서둘러야 하오.
나의 슬픈 운명이 나의 죽음도 재촉하고 있으니까 말이오.

아들 엄마, 왜 울어? 지금 어디 가는 거야?
좀 기다려. 힘들어서 못 걷겠어.

엄마, 배고파 죽겠는데,
뭐 좀 먹으면 안 될까?

아내　　이리 오너라, 내 새끼.
빵 대신 죽음을 줄 수밖에 없구나.
(이들이 퇴장하고 바리아토와 세르비오가 등장한다. 이들 중 한 명이 나중에 탑에서 투신한다.)

바리아토　　어디로 숨을까, 세르비오?

세르비오　　너 가고 싶은 데로 가.

바리아토　　자 서둘러. 왜 이렇게 약하게 굴어?
그렇게 꾸물거리다간 여기서 죽게 돼.
수많은 창칼이
우리를 노리는 게 안 보여?

세르비오　　우리는 절대로 여기서
빠져나갈 수 없어.
그런데 어쩌려고 그래?
도대체 계획이 뭐냔 말이야?

바리아토　　우리 아버지의 탑에 가서
숨을 거야.

세르비오　　그렇다면 너라도 어서 가.
나는 원래 몸도 약한데다 굶주려서
더 이상 한 발짝도 움직일 수가 없어.
이제 널 쫓아갈 힘이 없단 말이야.

바리아토　　안 올 거야?

세르비오 못 간다니까.

바리아토 못 걸으면 여기서 끝이야. 배고파서 죽든지 창칼에 끝장나든지. 그것도 아니면 두려움으로 죽을 거야.

내 목숨이 파리 목숨이라는 게 두려워.
칼이나 불로 죽는 게
두렵단 말이야.
그래서 나는 갈 거야.

(바리아토가 퇴장하자 세르비오 혼자 남는다. 테오헤네스가 피 묻은 두 손에 칼 두 자루를 들고 등장한다. 이것을 본 세르비오가 도망치며 퇴장한다.)

테오헤네스 내 안에서 터져 나오는 피여,
그대는 내 자식들의 피다.
이 손은 명예를 지키기 위해
잔인한 용기를 가져야 했던 손이다.
나의 파멸을 부르는 운명의 여신이여!
자비심이라고는 눈곱만큼도 없는 하늘이시여!
죽음이 가까워졌다 할지라도,
이런 참담한 지경에서도 명예로움을 지킬 수 있게 해주소서.
용감한 누만시아 시민이여,
나를 철천지원수 로마 놈으로 여기고,

나에게 복수를 해주시오.
칼과 손으로 내 가슴을 후벼 파주시오.
이 칼은 내 미친 듯한
분노와 절망적인 고통을 보여주고 있다오.
전쟁에서 싸우다 죽는다면
아마 이런 느낌은 안 들 것이오.
다른 사람의 생명을 취한 자는
반드시 그 불행한 몸뚱이를 불 속에 던져야 하오.
그렇게 하는 것이 자비로운 일이 될 테니까 말이오.
자, 어서 오시오.
뭘 꾸물거리고 있는 거요?
그대들의 우정을
적들에 대한 분노와 격정으로 바꾸어
어서 나를 제물로 쓰시오.
(누만시아 사람이 등장한다.)

누만시아 시민 3
테오헤네스, 지금 누구에게
그토록 애타게 말하고 있소?
당신이 알아낸 죽을 방법이 또 있소?
왜 우리에게 이렇듯 잔인한 재난을 선동하고 사주하시오?

테오헤네스 용감한 누만시아 시민이여,

만일 그 팔에 아직도 힘이 남아 있다면,
나를 당신의 적으로 생각하고,
이 칼로 나를 먼저 죽이시오.
지금 이 상황에서는 이렇게
죽는 것만이 최상의 방법이오.

누만시아 시민 3
나 역시 그렇게 생각한다오.
그게 우리의 운명인가 보오.
우리의 비참한 목숨을
태우는 중앙 광장에 가서,
이긴 사람이 진 사람을
불에 던지도록 합시다.

테오헤네스 좋은 생각이오. 빨리 죽고 싶소.
더 이상 지체하지 말고 갑시다.
칼이여, 나를 죽여라! 불이여, 나를 태워라!
모든 죽음에 영광과 명예가 있을지니!
(이들이 퇴장하고 스키피오, 유구르타, 퀸투스 파비우스, 가이우스 마리우스와 몇 명의 로마 병사가 등장한다.)

스키피오 내가 지금 헛것을 보거나
잘못 듣고 있는 게 아니라면,
자네들도 누만시아에서 나오는 비참한 절규를 듣고

연기에 휩싸인 화염을 보았겠지?
틀림없이 분노에 찬 저 야만스러운 적들이
결국 자신들의 가슴에 칼을 겨누고 있는 것일 거야.
성벽 위에 개미 새끼 하나 보이지 않아,
지난번처럼 보초병들이 나와서
뭐라고 그러지도 않고 말이야.
지금은 모두 너무나 조용해!
마치 난폭한 누만시아 놈들이
안정을 되찾고 평화를 되찾은 것 같아.

마리우스 제가 그 궁금증을 풀어드리겠습니다.
각하께서 원하신다면,
위험하지만 제가
성벽 위로 올라가,
도대체 저 건방진 놈들이
무엇을 하고 있는지 보고 오겠습니다.

스키피오 그래, 마리우스,
그렇게 하도록 하라.

마리우스 에르밀리우스, 당장
사다리를 가져오도록 하라.
그리고 방패와 흰 깃을 꽂은 투구를 가져오라.
내가 죽지 않으면,
모든 의혹이 풀리게 되겠지.

에르밀리우스 여기 방패와 투구를 가져왔습니다.
그리고 사다리는 저기 림피우스가 가져오고 있습니다.

마리우스 내가 한 말을 지키기 위해,
영혼을 주피터 신께 맡깁니다.

유구르타 방패를 높이 올리게, 마리우스.
몸을 굽히고 머리를 잘 감싸란 말이야.
조금만 더 힘내, 이제 거의 다 올라갔어! 그래, 뭐가 보이는가?

마리우스 오, 하느님 맙소사! 대체 이게 무슨 광경인가?

유구르타 왜 그러는가?

마리우스 거리마다
수천 구의 시체가
피바다를 이루고 있네.

스키피오 살아 있는 자가 있는가?

마리우스 없습니다.
최소한 지금 여기서는
한 명도 보이지 않습니다.

스키피오 그렇다면 내려가서
자세히 보도록 하게.
(마리우스가 성 안으로 들어간다.)
유구르타, 자네도 따라가 보도록 하게.
아니, 우리 모두 함께 들어가자.

유구르타 그런 일을 직접 하셔서는 안 됩니다.
진정하십시오, 각하.
마리우스와 제가 돌아와
보고드릴 때까지 기다려주소서.
사다리를 잘 잡고 있으라.
오, 이럴 수가! 이렇게 처참한 광경은 처음이야!
엄청나구나! 뜨거운 피가 온 바닥을 적시고 있고
시체들이 광장과 거리를
가득 메우고 있습니다.
안으로 들어가 자세히 보겠습니다.
(유구르타가 성 안으로 들어가고 퀸투스 파비우스가 말한다.)

파비우스 광폭한 누만시아 놈들이
살아날 방법이 없으니까,
차라리 우리에게 죽느니
야만스럽고 무모하게
스스로
목숨을 버린 것이
틀림없습니다.

스키피오 한 명만 살아 있어도,
이 거만한 족속을
죽음으로 제압한 우리의 승리를
확인할 수 있을 텐데.

멍청한 놈들, 한 가지밖에 생각지 못하고,
이렇게 야만스럽고 무모한 시도를 하다니.
로마는 절대로 누만시아가
등을 돌리고 도망가게 했다고 자랑할 수 없을 것이다.
저들의 용기와 전술이 뛰어났기 때문에,
저 길들여지지 않은 짐승 같은 놈들을
가두는 방법을 쓸 수밖에 없었다.
저 야수 같은 놈들은 책략을 써서 이겨야지,
힘으로만 제압하기는 불가능했기 때문이었어.
저기 마리우스가 돌아오는군.
(가이우스 마리우스가 성벽에 올라와 말한다.)

마리우스 신중하고 위대한 장군이시여,
저희의 노력은
모두 허사가 되었습니다.
각하의 작전으로 확실해 보이던
승리에 대한 희망은
이미 한 줌의 재로 변해버렸습니다.
절대로 꺾이지 않는
누만시아의 슬픈 역사는
영원히 기억될 것입니다.
저들은 모든 재산을 가지고 나와 불태웠으며,
절개를 지키며 스스로 죽어가면서,

각하의 승리를 거두어 가버렸습니다.
우리의 계획은 허사로 돌아갔습니다.
저들의 명예로운 행동이
로마의 힘을 능가한 것입니다.
지칠 대로 지친 백성은
결국 자신들의 비참한 목숨을 끊으면서
이 기나긴 사건에 종지부를 찍은 것입니다.
이제 누만시아는 피로 넘쳐나며
시체들이 산처럼 쌓였습니다.
지독한 놈들이 결국 자살로 종말을 고한 것입니다.
저들은 자신들의
용기와 대담함으로
굴종이라는 무거운 사슬에서 벗어났습니다.
광장 한가운데서
시체와 재산을 태우며
불길이 치솟고 있습니다.
저는 용감한 테오헤네스가
최후를 맞이하는 광경을
목격할 수 있었습니다.
무서운 광기에 도취되어
비극적인 자신의 운명을 저주하면서,
불길 속으로 몸을 던졌습니다.

몸을 던지며 그는 이렇게 말했습니다.
"위대한 명성이여, 우리의 업적을
제대로 목격하고 후세에 전해다오.
어서 오라, 로마여. 이미 연기와 먼지로 변한
이 도시에 와서 마음껏 약탈하라.
모든 꽃과 열매는 이미 다 시들었나니."
저는 정신을 바짝 차리고 난장판이 된
도시를 샅샅이 뒤져보았는데,
우리에게 왜 이런 광기로
생명을 끊어야만 했는지 알려줄,
살아 있는 사람을
한 명도 발견하지 못했습니다.

스키피오 내가 그리도 야만적이고 거만하며
오직 죽음만을 생각하는,
자비심이라고는 전혀 없는 사람이던가?
혹시 내가 피정복민을
그리도 매몰차고 가혹하게
다루는 사람이던가?
누만시아는 나에 대해
너무나 잘못 알고 있었어.
나는 승리 후에 패배자를 용서해주는 사람인
데…….
(유구르타가 성벽 위에 몸을 나타낸다.)

유구르타　현명하신 장군이시여. 각하의 책략도
이곳에서는 아무런 소용이 없었습니다.
공을 세우기 위해서는 다른 곳으로 가셔야겠습니다.
누만시아에는 각하가 하실 수 있는 일이 전혀
없습니다. 각하의 승리를 증언할 수 있는
단 한 사람을 빼고는 모두 죽은 것 같습니다.
저기 탑 위에 어린아이 하나가 있습니다.
옷은 잘 차려 입었는데,
제가 보기엔 정신이 없는 듯합니다.

스키피오　그게 사실이라면
로마가 누만시아에 그토록 원하는
승리를 거두기에는 충분하다.
어서 가보도록 하자.
그 아이를 잘 구슬려서 이리로 내려오게 하라.
지금 내게 중요한 건 그 아이가 살아 있는 것이다.
(바리아토가 탑 위에서 말한다.)

바리아토　로마인이여, 어딜 가는 것인가? 무얼 찾고 있느냔 말이다.
힘으로 쳐들어오려거든 그렇게 하라.
이제 어떠한 장애물도 없을 테니 말이다.
하지만 내가 제대로 지키지 못한

이 도시에는 죽음만이
승리를 거두었을 뿐이다.

스키피오 이보게, 젊은이,
자네는 내게도 자비심이
있다는 걸 알게 될 걸세.

바리아토 너무 늦었다. 이제 누구에게
그 자비심을 보여준단 말이냐?
비극적이고 끔찍한 최후가
부모님과 내가 그토록 사랑하는
조국에 내려졌으니, 나는 내게 내려진
그 가혹한 형벌을 기꺼이 받을 것이다.

파비우스 이보게. 자네의 젊음과
아직은 누려야 될 것이 많은 삶을
무모한 광기로 희생시키고 싶은 것인가?

스키피오 진정하라, 애야, 진정하라니까.
네 용기는 가상하나
아직 내 힘에는 미치지 못한다.
내가 너에게 약속하노니,
너는 자유인으로,
네 운명의 주인이 될 것이다.
내게 순순히 항복한다면,
내가 줄 수 있는 한,
그리고 네가 원하는 만큼

많은 금은보화를 줄 것이다.

바리아토 이곳에서 죽은 모든 사람의 분노는
이미 한 줌의 재로 바뀌었다.
모두 협정이나 조약을 거부하고
항복은 더군다나 생각하지도 않았다.
내 가슴속에는 오직
그들의 분노와 원한만이 남아 있다.
나는 누만시아의 용기를 이어받을 것이다.
나를 꺾을 수 있다는 생각은 꿈도 꾸지 마라!
나를 낳아 준, 사랑하는 조국이여! 불행한 누만시아여!
지금 두려움이나 내게 제시된 약속 때문에
내가 해야 할 일을 망설이고 있다거나
꽁무니를 빼고 있다고는 생각하지도 말고 걱정하지도 말지어다.
이제 내게는 하늘도 땅도 운명도 없다.
비록 온 세상이 나를 꺾으려 해도,
내가 너에게 머리를 숙이는 건
있을 수 없는 일이다.
만일 두려운 마음이 내게 지금
턱밑까지 쫓아온 저승사자에게서 몸을 숨기라고
유혹할지라도,
내가 이미 그를 따라가기를 원하고 있고,

그도 나를 데려갈 것이다.
전에는 두려웠지만
지금은 전혀 그렇지 않다.
내가 어려서 잘 몰랐던 것을
이제는 용감하게 죽음으로써 깨달으려 한다.
확언하건대, 누만시아 시민이여,
우리의 모든 것을 재로 만들어, 로마 놈들이
이곳에서 어떠한 승리도 거두지 못하게 하라는
그대들의 뜻을 절대 저버리지 않을 것이오.
생명과 부귀영화에 대한
불확실한 약속으로 나를 길들일 수 있다거나,
이곳에서 나를 강제로 거꾸러뜨릴 수 있다고 생각한다면,
그것은 망상일 뿐이다.
로마인들이여, 진정할지어다.
굳이 성을 공격하면서
힘을 빼지는 말지어다.
그대들이 힘이 아무리 세다 할지라도
나를 꺾지는 못할 것임을 명심하라.
그럼 내 계획을 보여주도록 하겠다.
나는 내 조국을 진실로 사랑한다.
이렇게 내 몸을 던짐으로써 그 사랑의 징표를 보이마.

(바리아토가 탑에서 몸을 던지자 스키피오가 말한다.)

스키피오 이럴 수가! 이렇게 인상적인 장면은 본 적이 없다.
어리지만 어른의 용기를 가지고 있는 소년이여,
그대는 영웅적인 장렬한 죽음으로,
누만시아뿐만 아니라 스페인에 영광을 가져왔도다!
비할 데 없이 영웅적으로
죽음으로써, 승자인 나의 권리를 박탈하고,
너의 명성을 드높이면서,
내 승리를 앗아가버렸도다!
만일 누만시아가 살아 있다면,
네가 누만시아에 살아 있다는 이유만으로
나는 기쁠 것이다. 오직 너만이
이 기나긴 전쟁의 전리품을 가져갔다.
소년이여, 너는 너를 이긴 자를 떨어뜨리고
더 높은 곳으로 갔으니, 자부심을 가져라,
그리고 하늘이 너를 위해 준비한
영광을 가질지어다.
(나팔 소리가 들리고 흰 옷을 입은 명성이 등장한다.)

명성 나의 맑은 목소리여,

사람들에게 부드럽고 달콤한 목소리로
이 장렬한 업적을
영원히 기억하게 하라.
로마인들이여, 고개를 들라.
여기 그대들의 승리를 가져간
이 어린 소년의
주검을 옮길지어다.
나, 선언자인 명성의 여신은,
하늘로 향하는 여행을 하다가
제일 높은 곳으로 가면,
온 힘을 기울여 박트리아에서 툴레까지,
북극에서 남극에 이르기까지,
누만시아의 용기에 대한
진실한 이야기를
여기저기 말하고 다닐 것이다.
이 비할 데 없는 업적으로 인해
이 조상들의 강인한 피를
이어받은 후예들은 미래에
강한 스페인을 만들 것이다.
죽음의 칼도
시간의 흐름도
내가 누만시아의 정신과 강한 힘을
노래하지 못하게 할 수는 없다.

오직 누만시아에서만
오랜 세월 동안 눈물을
자아낼 수 있는 시적 영감을
느낄 수 있다.
결코 정복되지 않았던
기상과 용기는 계속 전해져야 한다.
이 영광을 기억하면서
우리의 슬픈 이야기에 행복한 결말을 내리려 한다.

사기꾼 페드로

Miguel de Cervantes Saavedra

| 등장인물 |

· 페드로 데 우르데말라스[1)]
· 클레멘테 젊은 목동
· 클레멘시아 젊은 여자 목동
· 베니타 젊은 여자 목동
· 크레스포 시장, 클레멘시아의 아버지
· 산초 마초 시의원
· 디에고 타루고 시의원
· 라가르티하 농부
· 오르나추엘로스 농부
· 레돈도 서기
· 파스쿠알 청년 목동
· 성당 집사
· 말도나도 집시의 족장[2)]
· 악사 여럿
· 이네스 집시 여자
· 벨리카 집시 여성 이사벨의 별칭
· 과부 농부
· 요렌테 과부의 손을 잡고 오는 시종
· 장님
· 왕
· 실레리오 왕의 비서
· 경무관
· 왕비
· 모스트렌코 크레스포 시장의 조카
· 마르셀로 늙은 기사
· 기사
· 배우 1, 2, 3
· 극단장
· 농부
· 광대 1, 2
· 예술 담당 서기관
· 시종[3)]

| 1막 |

(어린 농부의 옷을 입은 페드로 데 우르데말라스 와 젊은 청년 클레멘테가 등장한다.)

클레멘테 이보게, 친구,
나는 우리의 우정만큼
자네의 재치를 신뢰하고 있다네.
자네는 세상이 알아주는
꾀돌이 아닌가?
자네의 재능과
우리의 우정은
너무나 소중한 재산이야.
나는 오직 이 두 가지에
희망을 걸고 있다네.

내가 정의라고 부르는
자네 주인의 딸인
클레멘시아가,
사냥꾼한테서 도망 다니는 사슴처럼
요즘 나를 피하고 있다네.
자네도 알다시피
이 세상에서 가장 어여쁜 그녀가,
전에는 내 말을 순진하게 다 들어줄 것 같더니
요즘 들어 갑자기 어린 양에서
무서운 호랑이로 변했지 뭔가.
대체 무슨 말을 듣고 그리도 확 변했는지
도통 알 수가 없어.
오, 사랑의 신이시여,
저에게 왜 이렇게 고통스러운
화살을 쏘시는 겁니까?

페드로　엉뚱한 소리하지 말고 원하는 게
뭔지 말이나 해.

클레멘테　이보게, 페드로,
내게 좋은 방법 좀
일러주게.

페드로　그러니까 네 욕망이 달콤한
잡담 수준을 넘어선 거지?
그러니까 정말로

사랑의 보금자리를
원하는 거냐고?

클레멘테 나는 일개 목동에 불과해.
내 수준을 생각해서
좀 쉽게 말해보란 말일세.

페드로 나는 그냥 네가 아마디스나 갈라오르[4)]가 아닌지
물어보는 거야.

클레멘테 나는 단지 안톤 클레멘테일 뿐이야.
그러니 그런 식으로
이상하게 말하지 말게.

페드로 (방백) 이런 인간과 이야기하려면
단순하게 말해야겠지?
너 혹시 클레멘시아와
단둘이만 만난 적이 있었느냐는 식으로 말이지.
아니면 어디 어둑하고
으슥한 곳에서
책임질 일을 한 적은?

클레멘테 페드로, 내 사랑이
순수하지 않다면,
하늘이 날 후려치고,
땅이 날 집어삼킬 것이며
내게서 공기가 완전히 사라질 걸세.
갑부인 그녀의 아버지는

내가 가난해서 자기 수준에
맞지 않는다며 날 무시하고 있다네.
그러면서 오직 요렌테나 파스쿠알 같은
부자들만 상대하지 뭔가?
여자들의 마음이
사랑이 아니라
돈이나 재산에
움직이는 게
이상한 일은 아니지만 말이야.
게다가 클레멘시아는
어디서 어떤 바보 같은
소리를 들었는지,
요즘은 아예 나를
피해버린다니까.
그러니 페드로, 자네가 만일
이 일을 해결해주지 않는다면
나는 죽은 목숨이나 마찬가지야.

페드로 네 문제를 해결하지 못한다면
내가 아니지.
만일 오늘 주인님이
시장에 당선된다면,
내 생각에,
그분은 내 앞에서

앞으로의 네 운명에 대해 말할 거야.
지금껏 네가 누릴 수 없었던 행복을
편안하게 즐길 수 있게 해줄 테니,
너는 그저 구경이나 해.
하지만 그보다 먼저 약속과 선물을 준비하고
네 소원이나 말해.
그리고 일이 진행되는 동안
포이보스[5)]마저 속이고
한숨짓게 하는
사랑의 신이 어디로 널 이끄는지
잘 보기나 하라고.
음탕한 사랑의 신은
포이보스가 클레멘시아의
금발을 쳐다볼 때,
그 금발 안에서 자기가 놀고 있는
모습을 보여주었다던데.
클레멘시아가 저기
자기 사촌 베니타와 함께 오고 있어.
마치 태양 앞에서
상대도 되지 않는 빛을 발하는 별이
태양과 함께 오는 것처럼 보이는군.
클레멘테, 클레멘시아가 오면
정신 바짝 차려야 돼.

나는 베니타를 칭찬할 테니까
너는 클레멘시아에게 최고의 찬사만 늘어놔.
아름답다는 말을 싫어할 여자는 없을 테니까.
절대 절대 절대로
칭찬을 아끼지 마.
침묵하지 말라고.
그러면 네 운명도
바뀔 수 있을 거야.
(여자 목동 클레멘시아와 베니타가 항아리를 들고 우물가로 가고 있다.)

베니타　왜 돌아서는 거니, 클레멘시아?

클레멘시아　왜 돌아서는 거냐고?
그건 바로 나에게
고통을 안겨주는 사람을
보고 싶지 않기 때문이야.
겉과 속이 너무 다른
낯가죽이 두꺼운 사람을
보고 싶지 않기 때문이란 말이야.

베니타　클레멘테 때문에
그러는 거지?

클레멘테　내가 사람을 잡아먹는
늑대 인간이야,
아니면 갑자기 나타나서

혼을 빼가는
유령이야?

클레멘시아　너는 아첨꾼에
거짓말만 하고,
번지르르하게
잘난 척하는
수다쟁이에 불과해.
내가 언제 너한테
사랑의 증표를 주었어?
그리고 내가 언제
결코 네 뜻을 거스르지
않을 거라고 말했어?
하신타한테 그렇게 말했다며?
게다가 내가 준 리본도
그 애한테 보여줬다며?
얼굴을 보니
그 말이 맞긴 맞는 모양이네.

클레멘테　클레멘시아, 내가 만일
네 기분을 상하게 할
어떤 말을 했다면,
벼락을 맞을 거야.
내가 만일 달님에게
너를 칭찬하지 않았다면,

나의 사랑을 고백할 때
하늘이 내 혀를 뽑아버릴 거야.
내가 만일 사랑에 대한 나의 믿음을
그런 식으로 보여주었다면,
내 인생이 끝나는 날
큰 벌을 받게 될 거야.
내가 만일 그런 말을 했다면,
큐피드의 화살통에 너의 마음을 불태울 사랑의 화살은 없을 거야.
대신 너의 마음을 꽁꽁 얼리고
나의 마음을 새카맣게 태울 금 화살만이 있을 거란 말이야.

페드로 클레멘시아, 저기 너의 아버지가
시장의 지팡이를 들고 오시는구나.

클레멘시아 그건 노력해서 얻은 거지
거저 얻은 게 아니야.
내 형제 클레멘테, 잘 가.

클레멘테 어떻게 하고 있어야 하지?

클레멘시아 잘. 베니타, 안 갈래?

베니타 그래, 가자.
(베니타와 클레멘시아가 퇴장한다.)

페드로 클레멘테,
내게 맡겨 두고 너 먼저 가.

클레멘테　그럼 먼저 갈게.

페드로　잘될 거야.

(클레멘시아의 아버지이자 시장으로 당선된 마르틴 크레스포와 시의원인 산초 마초, 디에고 타루고가 등장한다.)

타루고　크레스포 시장님,
모든 게 다 잘됐어요.
한 표도 빗나가지 않았다고요.

시장　디에고 타루고, 이 시장 지팡이를 얻기 위해
얼마나 많은 돈을 들였는지는
오직 신만이 알 거야.
자네를 모르는 자가
자네를 칭찬하는 법이야.
나는 제대로 다스리고 싶어.

산초　권력이란 아주 조심해야 하오. 이제 그 시장 지팡이가 적의 손에 들어갔으니, 잘 지켜볼 수밖에.

시장　적이 아니라 친구의 손에 있는 거지.

산초　당신이 잘해야 할 것이오.
특히 뇌물이나 청탁에 휘둘리지 마시오.

시장　맹세하겠소. 내 생명이 붙어 있는 한 절대로 그런 일은 없을 것이오.
여인이 다가오면 장님이 될 것이고,
귀족이 청탁을 하면 귀머거리에 벙어리가 되겠소.

나는 철두철미하게 나 자신을 다스릴 것이오.

타루고　시장님의 명성이 아기를 둘로 나누라는 판결을 내린
현명한 솔로몬 왕의 명성에 버금갈 것임을
믿어 의심치 않습니다.

시장　내 약속하지. 법에 있는
그대로를 실천할 걸세. 단 한 글자라도
법령을 바꾸는 일은 결단코 없을 걸세.

산초　진심으로 그러기를 바라오.
그럼 나는 이만 가보겠소.

시장　당신 또한 권력의 정점에 있으니 당신에게도 행운이 있기를 바라오.

타루고　이제 판결을 해야 할 시간입니다.
두려워할 필요도 없고 사소한 정에 이끌릴 필요도 없습니다.
간단명료하고 위엄 있게 하시면 됩니다.
일을 미루는 것은 비난거리만 되지요. 신의 가호가 있길 빕니다.

시장　이래서 혈육이 좋다니까.
(산초 마초와 디에고 타루고가 퇴장한다.)
페드로, 우리 얘기를 듣고 있으면서,
왜 내게 축하의 말을
건네지 않는 건가?

나는 시장이야. 하지만 내가
시장의 업무를 올바로 수행할 수 있도록
자네가 도와주지 않으면
나는 제대로 일할 수
없을 것이네.
나는 자네가 신부나 박사들보다
훨씬 더 똑똑하다고 생각하니까.

페드로 시장님께
명성을 안겨드릴
방법을 일러드리겠으니,
그것이 사실인지 아닌지는
곧 밝혀질 것입니다.
리쿠르고스[6]도 결코
시장님의 명성에는 미치지 못할 것이며,
아테네의 똑똑한 법률가들도 꼼짝 못할 것이며,
왕이나 이 세상에서 가장 좋다고 하는 학교들도
시장님을 부러워할 것입니다.
제가 세상을 깜짝
놀라게 할 만한
열두 가지의 법령을
만들겠습니다.
그것만 보면 민사나 형사상 분쟁도
한눈에 쉽게

해결할 수 있으실 겁니다.

시장 오늘부터 자네는
내 시종이 아니라
내 형제일세.
이리 와서 지금까지
자네가 말한 것을
어떻게 실행할 수 있을지 알려주게.

페드로 시장님을 위해 더 많은 일을 할 것을 약속드립니다.

시장 나는 언제든 준비되어 있다네.
(시장과 페드로가 들어가고 산초 마초와 타루고가 들어온다.)

산초 이보시게, 타루고,
아까 자네가
비록 크레스포에게 축하의 말은 했지만,
실제 자네 생각은
그와는 정반대라는 걸 잘 알고 있네.
왜냐하면 이 세상에서
가장 미욱한 사람이
이 도시를 다스린다는 건
틀림없이 이 마을에
해가 될 것이기 때문일세.

타루고 산초 의원님,

이제 크레스포가
얼마나 똑똑한지 알게 되겠죠.
전 첫 번째 송사(訟事)가 끝날 때까지는
아무 말도 하지 않겠습니다.
그때까지는 기다려야 한다고 봅니다.

산초 좋아. 그렇게 하도록 하지.
비록 그자가 자기 스스로
무척 단순한 사람이라는 걸 증명할 거라고
확신하지만 말이야.
(농부인 라가르티하와 오르나추엘로스가 들어온다.)

오르나추엘로스
지금 시장님이 어디 계신지
어떻게 알 수 있을까요?

타루고 우리도 여기서 시장님을 기다리고 있소.

라가르티하 그렇다면 이곳으로 납신단 말씀인가요?

산초 그렇고 말고. 저기 오시는구먼.
(시장이 등장하고 그를 따라 페드로와 서기 레돈도가 등장한다.)

시장 의원 여러분!

레돈도 좌정하시지요, 의원님들.

시장 어떠한 예식도 없을 겁니다.

타루고 예절과 호의는 많으면

많을수록 좋은 거랍니다.

시장 서기는 여기 내 왼쪽에,
의원님들은
오른쪽에 앉으시고,
페드로 자네는
내 뒤에 앉게.

페드로 여기서 일어나는 어떤 분쟁도
충분히 해결할 수 있는
법 조항이 있습니다.
이것만 있으면 굳이 그들이 하는 말에
귀를 기울이지 않아도 됩니다.
그리고 혹시 해결하지
못하실 일이 있으면
언제라도 보좌관을 부르십시오.
어떤 일이든 명쾌하게
해결하겠습니다.

레돈도 뭐, 원하는 게 있으신가요?

라가르티하 예.

레돈도 그럼, 말씀하시지요.
여기 시장님께서 정확한 판결을 내려주실 겁니다.

시장 본인이 감히 말하는 바이니
본인을 거만하다고 생각지 말기를 바라오.
본인은 로마 '사원' 처럼

엄격하게 법을 집행할 것이오.

레돈도 '상원' 입니다, 시장님.

시장 그래, 맞소. 당신들의 문제가 뭔지
간략히 말해보시오.
말하는 즉시 올바르고 '고정한' 판결을 내려주겠소.

레돈도 '공정한' 이 맞습니다.

시장 맞아, 맞아.

오르나추엘로스
간단히 말하라고 하시니 간단히 말씀드립죠.
라가르티하가 저에게 레알[7] 동전 세 개를 빌려주었습죠.
그 중에서 두 개를 갚았습죠.
그러니까 이제 1레알만 남은 셈입죠.
한데 이자는 제가 4레알을 꾸었다고 말합니다. 이것이 소송의 이유입죠.
내 말이 거짓인가, 사람 좋은 라가르티하?

라가르티하 사실입죠. 하지만 제 계산으로는
제가 바보거나 아니면 오르나추엘로스가 저에게
4레알을 꾸었거나, 둘 중에 하난뎁쇼.

시장 잘 알겠소!

라가르티하 이게 저희가 여기 온 이유입죠.
시장님이 어떤 판결을 내리시든 간에 저는 그것

을 '떨' 것입니다.

레돈도 '떨 것이다'가 아니라 '따를 것이다'가 맞습니다.

시장 오르나추엘로스, 당신은 어떻게 생각하시오?

오르나추엘로스

저 역시 시장님께 모든 것을 다 '위험' 하겠습니다.

레돈도 '위임하다' 죠. 제기랄!

시장 위험하게 그냥 놔두게.

이보게, 왜 그래, 무슨 일이야?

레돈도 아무것도 아닙니다.

시장 페드로, 서랍에서

판결문 하나 뽑아오게.

레돈도 소송 내용을 듣기도 전에 이미 판결문이 나왔다고요?

시장 내가 어떤 사람인지 보여주지.

페드로 입 다물고 이 판결문이나 읽으시오.

레돈도 "갑 · 을 간의 소송건……."

페드로 그건 아무개와 아무개를 뜻하는 것이오.

레돈도 아, 그렇군요.

"내가 판단하고 판결을 내려야 할

아무개와 아무개 간의 소송에서

을의 어린 여식을 죽인

갑의 돼지에게 사형을 언도하는 바이다……."

돼지가 뭔지, 갑과 을은 또 뭔지…….

도대체 무슨 소리인지
전혀 모르겠네.
그리고 이게 이 사람들의 송사와
어떤 관련이 있다는 건지.

시장　레돈도 말이 맞는 것 같네, 페드로.
이 사건에 맞을 만한
다른 판결문을 꺼내오게.

페드로　보좌관인 저 페드로는 시장님의 말씀에 따라
이 사건에 적용될 만한 판결을 선고하겠습니다.

라가르티하　제가 보기에는 나귀 한 마리 사주라는 것보다는
그게 더 나을 듯싶습니다.

산초　저 보좌관이 지나치게 나서는 것 같은데.

오르나추엘로스
올바른 판결을 내려주십시오.

시장　페드로, 내 명예가 자네 입에 달려 있네.

페드로　우선 오르나추엘로스는 보좌관에게
12레알의 위탁금을 공탁(供託)하도록 하시오.

오르나추엘로스
소송비는 겨우 그 절반밖에 안 됩니다.

페드로　맞는 말이오. 사람 좋은 라가르티하가
당신에게 큰 레알 동전 세 개를 빌려주었고,
그중 당신은 작은 레알 동전 두 개만 돌려주었습니다.

그러니 아직까지 당신은 당신이 주장하듯이,
작은 레알 동전으로 1레알을 더 갚아야 하는 것이 아니라
작은 동전으로 4레알을 더 갚아야 하는 것이오.[8)]

라가르티하 바로 그렇습니다. 정확합니다.

오르나추엘로스
부정할 수 없군요. 졌습니다.
4레알 포함해서 12레알을 갚겠습니다.

레돈도 대단하군, 페드로 데 우르데!
대단해! 역시 똑똑하다는 명성이
헛된 것이 아니구먼.

오르나추엘로스
그럼 돈을 구하러 가겠습니다.

라가르티하 판결이 정말 마음에 듭니다.
(라가르티하와 오르나추엘로스가 퇴장하고 클레멘테와 클레멘시아가 목동 가면을 쓰고 등장한다.)

클레멘테 신성한 법정에서 가면을 쓰고 말할 수 있도록
허락해주시기 바랍니다.

시장 본인의 책무는 듣고 판단하는 것이지 보는 것이 아니오.
그러니 좋도록 하시오.

클레멘테 예전에 저희가 누렸던

황금시대가 다시 도래한 듯싶습니다.
크레스포 시장님과 함께 정의의 시대가 활짝 열렸습니다.

시장 신의 가호가 있기를…….
그런데 '어부'가 좀 지나치시오…….

레돈도 '아부'입니다.

시장 시간이 늦었으니 간단히 말하시오.

클레멘테 있는 그대로를
조목조목 밝히겠습니다.

시장 나는 귀머거리도 아니고 그랬던 적도 없으니 어서 말하시오.

클레멘테 불길한 예언이 깃든
어린 시절부터,
지금은 구름 속에 숨어 있지만,
구름 한 점 없는 하늘에 떠 있는 태양을
연모했습니다.
그때는 태양이 마치 자기를 봐달라는 듯 제게 다가왔답니다.
그 광선은 제 마음
깊은 곳에 각인되어,
제 영혼을 모두
불태워버렸는데,
지금은 베일에 싸여 저를

꽁꽁 얼어붙게 만들었습니다.
저의 욕망이 대답을
원하고 있던 차에
사랑의 신이
저의 영혼을 살려주셨습니다.
제가 사모하고 있는 이 여인 역시
절 사모하고 있습니다.
그러나 아직 그녀의 아버지는 모르고 계십니다.
그분은 어머니 없이 딸을 키우시면서
딸에게 자유 의지를 전혀 주지 않으셨습니다.
이런 아버지가 무서워서
저에게 사랑을 바친 그녀가
지금은 결혼을 못하겠다고 합니다.
저의 가난 때문에
아버지가 반대할까 무섭답니다.
독재의 시대에는
강제가 통하는 법이니까요.
물론 그분은 저보다 훨씬 부자십니다.
그렇다고 사람의 됨됨이가 저보다 나은 것은 아니라고 봅니다.
그분처럼 저 역시 좋은 사람이라고 생각합니다.
제가 비록 그분처럼 부자는 아니지만,
악덕과 게으름과는

거리가 아주 먼 놈입니다.
돈보다 덕이 훨씬 더
소중한 것 아닙니까?
제가 지금 바라는 건 이 여자가
제 아내가 되어주겠다고 다시 한번
약속해주는 겁니다.
아버지를 두려워하여,
하늘이 정해주신 남자를
멀리하지 않기를 바랍니다.

시장 갑자기 구름에 가려진 태양이여,
그대는 무어라 말하겠는가?

클레멘테 아마 쑥스러워서
말하지 않을 것입니다.
하지만 자신의 뜻을 분명히 할
어떤 표시는 할 수 있을 겁니다.

시장 그대가 이자의 아내인가?

페드로 고개를 끄덕였어요. 그렇다는 말이죠.
싫다는 게 아니에요.

산초 그렇다면, 시장께서는 어찌 하시려오?

시장 판결이 내려질 것이니
잘 듣도록 하시오.
페드로, 즉시 판결문을 꺼내오게.

페드로 제가 보기에 이 판결이 가장 잘 어울리는 것 같습니다.
왜냐하면 진실은 더디게 밝혀지건
빨리 밝혀지건 간에
반드시 오고야 말기 때문이죠.
그럼 판결문을 읽겠습니다.
(페드로가 책상에서 종이 한 장을 들고 읽는다.)
"나, 마르틴 크레스포 시장은
수평아리는 암평아리를 취하라는 판결을 내린다."

레돈도 시장님의 책상은 점괘 상자로군요.
그런데 지금 내리신 판결은
비록 짐승들에 대한 것이지만, 훌륭했습니다.
심사숙고 끝에 나온 듯합니다.

클레멘테 증거와 과학이 지배하는
이 청사를 지탱하시는 기둥이시여,
신에게 영혼을 걸고, 땅에 무릎을 꿇고
그 발에 입맞추나이다.

시장 이러한 결과를 내리는 것은
내 영혼을 자네에게 주는 것과 같네.
왜냐하면 클레멘시아는
내 기쁨의 전부기 때문이라네.
이미 내려진 판결은
반드시 지켜질 것이야.
자네를 즐거운 마음으로

기꺼이 받아들이도록 하겠네.

클레멘시아 그렇다면, 아버지,
가면을 벗고 아버지 발 아래 무릎을 꿇겠습니다.
하지만 이렇게 일을 오래 끄신 건 잘못하신 거예요.
전 아버지의 딸이에요. 괴물이 아니라고요.
아버지는 아버지 자유 의지로 판결을 내리셨어요.
만일 그게 부당하다면 아버지 앞에서 그것을 논박할 것이고
정당하다면 제대로 이행되는지
지켜볼 것입니다.

시장 그래, 네 말이 맞다. 나는 이미 판결을 내렸다.
클레멘테를 사위로 받아들이마.
이 판결로 세상 사람들은 내가 감정에 의해 움직이는 사람이 아니라
법에 의해 움직이는 사람이라는 걸 알게 될 것이다.

산초 생각하지도 못한 즐거움에
기뻐하지 않는 사람은 없을 겁니다.

타루고 시장님의 재능과 학식을
찬양하지 않는 사람도 없을 것입니다.

페드로 시장님, 시장님께서는 이것이
한 남자와 한 여자를

맺어줄 때
하늘이 내리는
특별한 은총이라는 걸 잘 알고 계십니다.
이와 마찬가지로
여자에게, 용기 있고
참을성 있고 남자다운
남편이 생기는 것도
은총이지요.
클레멘시아와 클레멘테는
시장님을 기쁘고 행복하게 할
가정을 이룰 겁니다.
그리하여 시장님의 명예로운 가문을
대대손손 이어나갈 겁니다.
오늘밤, 성 후안 축제 때
모든 이의 축복 속에
결혼식을 거행하는 게 어떨까요?

시장 자네가 아주 똑똑한
사람이라는 확신이 드네.
하지만 결혼식은 다른 날 하세.
오늘 밤에는 그저
마음껏 즐기기나 하자고.

클레멘테 좋습니다.
클레멘시아는 이미 제 여자니까요.

그녀를 가질 수 있다는 희망보다는
그녀를 이미 가졌다는 것이
훨씬 더 기쁜 일이로군요.

페드로　머리를 써서 열심히 일하면
항상 상이 있단 말이야.

시장　자, 가지. 오늘밤 할 일이
아주 많은 것 같구먼.

타루고　다 잘될 겁니다.

클레멘테　이제 기다리거나 두려워할 필요가 없어.
여보, 이제 당신은 내 마누라야.

타루고　클레멘시아, 결정 아주 잘했다!

클레멘시아　판결을 내려주신 분과 하늘에
진심으로 깊은 감사를 드려요.

페드로　나는 생각해야 할
또 다른 문제가 있어.
(모두 퇴장하고 파스쿠알이 등장하면서 페드로의 옷을 잡아끈다. 무대에 두 명만 남는다. 파스쿠알 뒤로 성당 집사가 등장한다.)

파스쿠알　이보게, 페드로.

페드로　웬일이야, 파스쿠알?
네 문제를 나 몰라라 하고 있다고 생각하지 마.
나, 지금 그 문제 때문에
다른 생각을 할 수가 없으니까.

너도 알다시피,
오늘밤 성 후안 축제 때,
동네 젊은 처자들이 모여서
자기한테 다가올 미래의 결혼에
대한 점괘를 기다릴 거야.[9)]
베니타는 바람에 머리를 날리면서
물이 가득 담긴 대야에
발을 담그고 아침까지
자신의 결혼에 대한 징조를
주의 깊게 기다릴 거야.
틀림없이 그녀가 사는 거리에
네 이름이 울려 퍼지게 되는데,
오직 그녀만이 네 이름을 알아들을 거야.

파스쿠알　역시 너에겐 천재라는
별명이 딱 맞아.
나는 그저 가만히 있을게.
아무튼
너는 필요하다고 생각되는 일을 해.
그럼 큐피드의 불화살도
너를 어쩌지는 못할 거야.

페드로　그래야지. 그럼 잘 가.
(파스쿠알이 퇴장한다.)

성당 집사　너희가 아무리 빠르다고 해도,

나 역시 지름길을 알고 있어.
너희를 따라잡는 건
문제도 아니란 말이야.
(성당 집사가 퇴장하고 집시 족장인 말도나도가 등장한다. 그는 눈에 금방 띄는 집시 옷을 입고 있고, 집시 특유의 혀 짧은 소리를 낸다.)

말도나도 페드로 선생, 신의 가호가 있기를.
오늘 오후에 당신을 찾아
여기까지 왔는데, 어쩔 거야?
이제 결심을 굳힌 거야,
아니면 아직도 망설이고 있는 거야?
그러니까 내가 하고 싶은 말은
당신이 말했다시피
여전히 우리의 동지, 우리의 친구,
우리의 동료가 되고 싶은가 하는 거라고.

페드로 그래.

말도나도 그 마음 변하지 않는 거지?

페드로 전혀.

말도나도 이봐, 페드로 선생,
우리는 약간 게으르면서도
자유롭게 살기 때문에 세상 어디든 갈 수 있어.
게다가 원하는 건
무엇이든지 얻을 수 있고.

풀이 우거진 대지가 우리의
침실이고, 어디를 가든지 하늘은
우리의 천장이지.
우리의 피부는 타는 듯한 태양도 견뎌내고
차디찬 바람도 우릴 어쩌지 못해.
굳게 잠긴 과수원도
우리가 가면 항상
가장 좋은 열매를 내주고,
결국 흰 포도다 사향 포도다 하는 것들은 모두
집시들의 손에 떨어지게 되지.
그 다음엔 다른 사람이
가꾸는 과일들을 쉽게 따가는
대담한 집시들의 손에서도 없어져버리지만.
우리는 생활력이 넘쳐나는
튼튼하고 기민한 사람들이거든.
우리는 경쟁 사회의 산물인
초조한 걱정거리에서 벗어나,
서로를 사랑하면서
즐겁게 살고 있어.
질투도 없고 두려움도 없어.
지금 우리 마을에는
어떤 흠도 찾지 못할 만큼
완벽하게 아름다우면서

또한 부끄러움이라고는 전혀 없는
처녀가 한 명 있어.
한 집시 여자가 그 아이를
몰래 데려왔어. 하지만
그 아이의 아름다움과 우아함으로 볼 때
그 아이의 혈통이 무척 고귀하고
지체 높은 집안인 것 같아.
페드로, 우리의 우정 협정이
발효되는 즉시
그 아이는 당신 것이 될 거야.
비록 자유를 구속하는
멍에가 될지언정 말이야.

페드로　말도나도, 당신은
내가 왜 내 인생을
바꾸려 하는지 잘 알아야 해.
내 말을 잘 들어봐.

말도나도　그러지.

페드로　내가 말하는 걸 듣고,
내가 집시가 될 수 있는지
잘 판단해보란 말이야.

말도나도　정신 바짝 차리고 들을 테니
시작해봐.

페드로　나 역시 아버지를 모르는

버려진 자식이야.
나는 사람에게 일어날 수 있는 불행 중
가장 커다란 불행들을 겪어왔어.
나는 내가 어디서 자랐는지도 몰라.
하지만 내가 고아원에서
살았을 때 옴에 걸렸었다는 건
똑똑히 기억하고 있지.
그곳에는 항상
구타와 굶주림이 있었네.
그곳에서 배고픔을 견디는 법을 배웠고
기도하는 법,
읽고 쓰는 법도 배웠지만,
구호물자를 훔치고
거짓말하고 둘러대는 법도 배웠지.
그러나 어른이 되자,
불현듯 그런 삶이 싫어지는 거야.
그래서 배를 타고
견습 선원이 되어
몸으로 때우는 일을 했어.
인도까지 갔다왔지.
그렇지만 결국 삼베옷만 남았을 뿐
동전 한 푼 남지 않더군.
폭풍 속에서 겁에 질리기도 했었고

열대의 무풍지대에서 땀을 흘린 적도 있었지.
버뮤다 삼각 지대에서 해안을
헤맬 때는 엄청난 두려움을 느꼈었지.
그래서 나는 램프 그을음이 잔뜩 낀
배 음식을 그만 먹기로 하고
악마와도 같은
산 마르틴 포도주[10)]도 끊었어.
그러다 다시 과달키비르[11)]
항구를 다시 밟게 되었지.
그곳에서 아주 바쁘게 살다
세비야로 돌아왔어.
거기서 소매치기도 하고
작은 광주리를 나르는 일꾼으로
비천하게 지내기도 했어.
그러다가 사제로 위장해
많은 세금을 걷기도 하고,
이곳에서는 금지된
수많은 일을 하고 다녔어.
그러다 어떤 사고가 나서
일을 접을 수밖에 없었지.
그리고 위험한 포주 일을
시작했어.
험한 불량배 생활을 오랫동안 하면서

사기 치는 법을 배웠고,
세 치 혀로 다른 사람에게
상처 주는 법을 배우기도 했어.
한때 아주 거친 사람이었던
당시 내 주인님이 어느 날
지갑을 훔치다가
현행범으로 체포되었는데,
그분은 고문당하면서,
순교하기보다는 고백하기로 했어.
순교 말이야, 순교!

말도나도 그런데 그게 나랑 무슨 상관이야?
알아듣게 얘기를 해.

페드로 주인님은 자신의 기대와 달리
간수장이 어깨에 심하게 매질을 해대자
갑자기 서글픈 생각이 들었다고 하더군.
누가 그러는데, 그러다가
결국 갤리선[12)]으로 끌려갔대.
나도 그 갤리선을 한 번 본 적이 있는데,
그리 끌려갈 때, 많은 사람이
여자들처럼 얼굴을 할퀴어대며
울며불며 난리를 피우더라고.
그때 나는 멋진 안달루시아[13)]
망토를 뺏기고

포주에서 일개 수송병으로
전락해버렸지.
운명은 나로 하여금 항구에서 되돌아오게 했고
허세나 부리는 군인이 되게 한 거야.
현금으로 바꾼 군사 사영권(舍營卷)에다
주인 몰래 잡아먹은 영계들 하며…….
하늘이 그걸 용서하지 않으신다면
나는 천벌을 받을 거야!
하지만 그 생활을 통해 나는,
허풍쟁이 군인은 항상
갤리선에서 생의 마지막을
보낸다는 교훈을 얻었어.
그러다 나는 해안 경비 대원이랑
사기 행각을 벌이기 시작했는데,
돈벌이가 무척 괜찮았지.
하지만 그 짓은 세상이 깜짝 놀라 자빠질, 개 같은 짓이었지.
그러다 보니 겁이 덜컥 나는 거야.
그래서 코르도바[14]로 가서
소주도 팔고
오렌지에이드도 팔았어.
하지만 한 달 동안 번 돈을
하룻밤 술값으로 날렸지.

코르도바의 화주(火酒)는 죽여주거든.

그러자 주인이 날

화승총으로 쏴 죽이려 했어.

그러고 나서 내 불행이 나로 하여금

아스투리아스[15]의 어떤 집으로 가게 한 거야.

그곳에서는 성체(聖體)를

만들어 팔았어.

그런데 노름판에 끼어들어

그동안 번 돈을 하룻밤에 다 날려버렸어.

그래서 그곳을 떠날 수밖에 없었고

한 장님의 시중을 들게 되었지.

열 달 동안 일했는데

내겐 10년처럼 느껴졌어.

그런데 그러는 동안 나는

마법사 멀린[16]보다 훨씬 더 많은 것을 알게 됐어.

그럴듯하고 번지르르한

아름다운 기도문을

만드는 법을 배웠어.

그러다 그 장님은 죽고 말았지.

나를 동전 한 푼 없는 시골뜨기 쥐로 놔두고 말이야.

하지만 세상을 살아가는 지혜와 꾀를 주었어.

그 다음엔 노새 몰이꾼,

그 다음엔 웬만한 사람은 그냥
꿀떡 삼켜버리는
카드놀이 야바위꾼의 동업자가 되었지.
그 사람은 포커의 달인으로,
언젠가 한 번은 그 사람이 단 한 장의 카드로
순식간에 모든 판을 완전히
정리해버리는 걸 본 적도 있어.
여러 가지 놀라운 속임수로
상대방을 초토화시켰지.
카드로 남의 관심을 끌거나
필승 카드를 살짝 키워 넣는 데 도사여서
제아무리 엘 시드 장군[17)]이라도
그걸 눈치챌 수는 없었을 거야.
그러다 결국은 들통이 나서
그의 화려한 날도 끝나고 말았지.
경찰들이 그 사람 코앞에
영장을 들이대는 거야.
그래서 그자를 떠날 수밖에 없었어.
그리고 이곳으로 와서
자네도 알다시피, 나를 자신보다 훨씬 더
좋아하는 마르틴 크레스포 시장을
주인으로 섬기고 있는 거야.
내 원래 이름은 페드로 데 우르데야.

그런데 언젠가 말헤시[18]라는 마법사가
내 손금을 보면서
이렇게 말했어.
"페드로야, 우르데 다음에
말라스[19]를 붙이도록 해라.
내 말 명심해서 잘 들어. 너는 왕이 되거나,
아니면 수도자나 교황이 될 운을 타고났어.
그리고 집시의 일원이 되도록 해라.
왕은 그들의 말을 즐겨 들을 것이다.
그리고 너는 힘든 직업을 수없이 많이
갖게 될 것이다. 그러나 마침내
내가 말한 여러 가지 중에
분명 한 가지는 될 것이다."
물론 그 말을 온전히 다 믿는 건 아니야.
한편으로는 지금까지
그 말이 딱 맞아떨어지는 것
같기도 하고 말이야.
그래서 이 예언이 이루어지려면
당신이 있어야 한다고 생각했어.
그러니 나는 집시가 되어야 해.
아니, 당장 지금부터 집시야.

말도나도 오! 관대한 페드로 데 우르데말라스,
당신은 집시들의 기둥이자 초석이야.

이리 와서 당신이 그토록 원하는 일을 해.
어서 집시 명부에 등록하라고.
그리고 내가 말한, 주워온 아이의
쓰라린 마음을 달래줘.
그러면 그녀는 당신에게 기쁨을 선사할 거야.

페드로 한번 해보자고. 자신 있어.
나도 그 일을 해내고 싶으니까.
(말도나도와 페드로가 퇴장한다. 베니타가 머리를 풀어헤친 채 창가에 나타난다.)

베니타 밤이시여, 어서 당신이 필요한 사람들에게
당신의 날개를 덮어주세요.
그들의 요구를 들어주세요.
그들은 아랍인도 당신을
찬양하고 있다고 말한답니다.
저는 제 소원을 이루기 위해
머리를 바람에 흩날리며,
맑고 차가운 물이 가득한 대야에
왼쪽 발을 담그고
조심스럽게 귀를 기울이고 있답니다.
당신은 성스러운 밤이십니다.
사람들은 밤에 들리는 소리를
처음으로 듣는 사람이
커다란 행운을

얻는다고 말합니다.
제발 제게도 무슨 소리가
들리게 하여, 행운을
가져다주옵소서.

(성당 집사가 등장한다.)

성당 집사 틀림없이 로케가
아름다운 여자를 잡을 거야.
이 게임에서 여자를 얻는 사람은
로케가 될 거야.
물론 그 여자는 자기 방어를 하겠지.
하지만 로케는 자기가 받을
상으로 얻어지는 행운을 누릴 거야.

베니타 지금 로케라고 그랬지? 그래 분명히 로케라고 들었어.
우리 마을에 미욱한 성당 집사 말고
다른 로케는 없어.
또 다시 로케라는 이름을 말하는지 보자.

성당 집사 장기판에서 로케는
아주 강한 말이라[20]
세상 모든 여자가 다 그에게 굴복하지.
그리고 그가 아주 곤궁하게 살고는 있지만
그 곤궁함은 아주 풍부하게 가지고 있지.

베니타 이봐요, 저 좀 보세요. 이 리본을 가져가서

내일 다시 가지고 와주실 수 있나요?
댁이 누군지 알고 싶어서 그런답니다.

성당 집사 그러겠습니다.
아름다운 숙녀님.
(베니타가 성당 집사에게 리본을 줄 때, 파스쿠알이 등장해 집사의 목에서 리본을 푼다.)
당신이 이 집에 사는 두 명의 아가씨 중
누구인지는 모르지만, 당신은 비너스보다
훨씬 더 아름다우실 거예요.

파스쿠알 어찌된 일이야?
이게 무슨 소리냐고?
베니타, 왜 네 물건을
성당 집사에게 주는 거지?
오늘밤이 성 후안의 밤이
아니라면 좋으련만.
이건 아주 중대한 문제가 될 수가 있어.
이봐, 당신,
음악 학교를 졸업했다며?
부정한 방법으로
이 게임을 이길 수 있을 거라
생각하는 거야?
그러면서 새벽 기도를 드리는 게
창피하지도 않은가?

정신 나간 여자의 놀림 한 번으로
노래 부르고 종 치는 당신의 일을
잊어버린 거냐고?

(페드로가 등장한다.)

페드로 무슨 일이야, 친구?

파스쿠알 베니타와 성당 집사가 하는 꼴을 보니
그녀는 축복 받은 여자고
이놈은 천하의 사기꾼이라는 걸
알겠어.
하지만 소란을 일으키지 않고,
이자의 의도를 존중한다는 것을
보이기 위해,
이 리본을 증거로
이자를 패주겠어.

성당 집사 내가 매일같이
비우고 청소하는
성수 병에 걸고 맹세하는데
장난치려는 뜻은
추호도 없습니다.
오늘 두 분께서
베니타가 이곳에서 머리를 풀어
바람에 날릴 거라고
말하는 것을 들었습니다.

그래서 저도 축제를 즐기려고 이곳에 온 것입니다.
우선 제 이름을 불렀죠. 그랬더니
그녀가 재깍 미끼를 물더군요.
처음 듣는 이름을 가진 사람에게
관심과 흥미를
보였으니까요.
성 후안 축제 전야에
아가씨들이 말도 안 되는 주문을 외우는 것은
그녀들 자신이 경박한 환상에
빠져 있다는 걸 보여주지요.

파스쿠알 왜 이 여자가 당신에게 리본을 주었나?

성당 집사 우선 그걸 매고 있다가,
내일 날이 새면,
그걸 매고 있는 자가 누군지
알아보기 위해 준 겁니다.

베니타 파스쿠알, 왜 그런 것을 묻는 거지?
나를 안 좋게 생각하는 거야?
그렇군. 너는 항상
내 불행과 상처를
비꼬니까 말이야.

파스쿠알 정말 그렇게 믿고 있는 거야?
바보 같은 계집!

소탈하고 정직한
남의 진심을 어떻게 그리도
몰라줄 수가 있어?

페드로　베니타, 그 말은 내가 보증하지.
저 들판에,
네 이름이 새겨지지 않거나,
너에게 바쳐지지 않은
나무는 하나도 없어.

파스쿠알　비록 내가 걱정거리만 말하고
사랑의 표현을 제대로 하진 않았지만,
목동들이 모일 때마다,
하늘을 향해 베니타의 매력을 찬양하는 걸
한 번이라도 보지 않은 적이 있었니?
너에게 주려고
모든
편도나무와 앵두나무와 사과나무의
열매를
땄어.
그것도 새들이 건드리기도 전에 말이야.
그 밖에도 너는 내가
너의 명예나 너의 이익을 위해
했던 다른 일들도
잘 알고 있을 거야.

너는 이제 네 집 앞에서 무성해져가는
나무를 보면서,
그곳에 깃들게 될
너에 대한 나의 커다란 믿음을
보게 될 거야, 이 잔인한 여자야.
너는 너무나 아름다운 향을 내는
마편초(馬鞭草)를 보게 될 거야.
마음을 기쁘게 해줄 장미도 있고
무성히 자라날
위풍당당한 야자수도 있어.
너의 집 대문 앞에
시원한 그늘을 만들어주기 위해
저 멀리 계곡에서 이곳으로 가져온,
얇은 가지와 잎을 늘어뜨린
백양나무를 좀 보라고.

베니타 너의 장광설이
내 마음을 움직일 거라는
생각은 아예 하지 마.
내 남편이 될 사람은
오직 로케라 불리는 사람이어야 돼.

페드로 그래, 네 말이 맞아.
하지만 모두를 만족시킬 만한
해결책이 있어.

교회도 이 방법을
인정할 테니까 말이야.
그건 바로 파스쿠알이
로케로 이름을 바꾸는 거야.
너도 좋고,
파스쿠알도 좋고.
그러고 나서 결혼하면 되잖아, 어때?

베니타 그렇다면 나도 좋아.

성당 집사 오, 하느님 감사합니다.
이제야 골치 아픈 문제가 해결됐네.

페드로 베니타, 내가 보장하는데
그렇게 결심한 것은 아주 잘한 거야.
"이웃집 아이를
깨끗이 씻겨
집으로 데려가라"[21]라는
속담도 있잖아.
이 경우에 그 속담이 아주 잘 들어맞을 것 같아.

베니타 파스쿠알, 이 리본을
눈에 띄는 곳에 매고 다녀. 내가 잘 볼 수 있도록.

파스쿠알 이걸로 천상의 아치와,
무지개가 만들어내는 보석을
만들 수도 있을 거야.
꽃다발을 가져올 때,

음악을 연주하라고 시켰으니까,
잠깐 기다려봐.

페드로 그럼 즐거운 마음으로 기다려볼까?

베니타 근사한데!
(무대 뒤에서 악사들이 가죽피리를 불며 음악을 연주한다. 클레멘테를 비롯해 모두 꽃다발을 들고 등장한다. 악사들이 노래를 부른다.)

악사들 창가에 서 있는 소녀야,
네 고운 사랑이 오고 있단다.
위대한 성 후안 축제날
그분은 자신의 성스러운
손가락으로
어둠이 내리지 않는
낮을 가리키네.
그 안에서 여명이
환하게 비쳐오고
꽃송이마다
진주로 된 빗방울이 내리네.
해가 나오기를
기다리는 사람아,
나의 소녀에게
부드러운 목소리로 말하여라.
창가에 서 있는 소녀야,

네 고운 사랑이 오고 있단다.
목동 파스쿠알이
네 마음을
지켜줄 거라고
베니타에게 말하여라.
클레멘시아의 남편이
그녀의 노예가 되었음을
말하여라.
그리고 잊지 말라.
그녀가 사랑 때문에
정신을 잃었다면
그녀의 손을 잡고
낮은 목소리로
그녀의 귀에 속삭이거나
아니면 맑게 울리는 목소리로
자신의 환상을 들려주어라.
창가에 서 있는 소녀야,
네 고운 사랑이 오고 있단다.

클레멘테 멋있는데.
어서 와서 문지방부터 시작해
방 전체를
꽃으로 장식해줘.
파스쿠알, 여기서 뭐하고 있어?

우리 좀 도와줘.
우리도 일을 할 수 있도록
베니타에게 말해달란 말이야.
우리 모두 그녀를 위해
봉사하고 싶어.
이 월계수는 이곳에,
저 버드나무는 저쪽에,
또 그 백양나무는 그쪽에,
그리고 재스민과 카네이션도
두루두루 잘 놓고.
에메랄드 빛 바닥에는
사초(莎草)를 깔고, 황갈색 꽃은
황옥(黃玉)으로 만들어라.
그리고 이곳엔 화관(花冠)을 만드는 데 쓰여지는
꽃을 놓고.

베니타 여러분, 클레멘테와 나의 로케가 듣도록
한 번만 더 불러주시겠어요?
(베니타가 창가에서 사라진다.)
한 번 더 불러주세요.

파스쿠알 아름다운 여인이여, 그대가 내 여자가 된 것을
확인하게 되어 얼마나 기쁜지 모른다오.
다시 한번 탬버린을 쳐주오.
기타를 쳐주오.

다시 한번 신나게 놀아봅시다.
오늘 아침엔 세상이 이 축제를 축복할 것이오.
나 또한 이 축제를 축복하고 싶어 미칠 지경이오.

악사들 내 사랑이 사는 집의
대문에 장식된
들장미와 찔레꽃이
다시 꽃을 피웠네.
내 사랑이 사는 집의
대문에 울퉁불퉁한
물푸레나무와 기운찬
떡갈나무가 서 있네.
그리고 신성한
향을 풍기는
작은 관목 숲도
보이네.
들장미와 찔레꽃이
다시 꽃을 피웠네.
눈에 보이는 모든 곳에
푸른 잎이 돋아나네.
들판이 기뻐하고
영혼은 환희에 젖고
노예와 주인을
사랑에 빠지게 하네.

들장미와 찔레꽃이
다시 꽃을 피웠네.

(모두 노래를 부르며 퇴장한다. 집시 여인 이네스와 벨리카가 등장한다. 베니타와 클레멘시아의 역을 맡은 사람이 이 역할을 할 수도 있다.)

이네스 벨리카, 그건 엄청난 환상이야.
글쎄, 뭐라고 말해야 좋을까?
아마 넌 백작 부인이나
왕의 친구가 되는 꿈을 꾼 걸 거야.

벨리카 꿈이었다고?
이네스, 그런 식의 비난은
나를 슬프게 한단다.
제발 내가 이상을 펼치게 내버려둬.

이네스 물론 너는 아름다워.
그러니까 그런 생각도 할 수 있겠지.
하지만 그 아름다움도
내실을 기하지 않고는
성공하기 힘든 법이야.

벨리카 그래 맞는 말이야.
내 불행이 그걸 증명했어.
아이고, 내 팔자야!
이 불쌍한 집시 년한테 그런 엄청난
생각이 드는 건 왜일까?

이네스 그런 생각은 바람이 만드는 거야. 그런데 운명은
그런 바람이 누구한테 부는가는 신경 쓰지도 않아.
그러니 빨리 그 환상에서 벗어나야 해.
이리 와. 얼마 전에 시작한
춤이나 연습해보자.

벨리카 이네스, 너 때문에
숨이 막혀 죽겠어.
내가 네 말을
법처럼 따라야 한다고 생각한다면
그건 커다란 오산이야.
오직 왕만이
나를 춤추게 할 수 있어.

이네스 벨리카, 정말,
네가 정신 병원에 간다 해도
전혀 이상하지 않겠다.
환상에서 꿈꾸는 그런 삶은
진정한 너의 삶이 아니야.
너는 지랄 같은 부엌과
여기저기서 춤출 수 있는
방에 익숙해져야 해.

벨리카 그런 건 나와 어울리지 않아.

이네스 왜 아니야? 그럼 너는,
우리가 자랑스럽게 여기던

집시의 문장(文章)을 내팽개치고
양털 옷에, 화려하고
아름답고 예쁜 옷을
자랑하며 살고 싶은 거니?
전에는 네가
너의 주인이 될 남자나
너의 어깨 넓이를 재던
간수장과 사랑에 빠져
미친 줄 알았어.
그런데 이게 무슨 말이야, 지금?
이 못된 년아, 그러니까 지금 집시 년이 집시 놈과
결혼하지 않겠다는 거니?
그렇게 정신 못 차리면,
네년은 곰보 자식을 갖게 될 거야.

벨리카　　너무하는구나, 이네스.
너같이 단순한 애가
어떻게 내 말 뜻을 알겠니?

이네스　　내가 아무리 단순하더라도
너의 뻔한 미래는 훤히 알 수 있어.
(페드로와 말도나도가 등장한다.)

말도나도　　페드로, 이 아이가
내가 당신한테 말했던 그 아이야.
천사처럼 아름답지 않아?

이처럼 예쁜 처녀를
당신에게 신부로 주도록 하지.
어서 와서 집시의 옷으로 갈아입어.
그리고 우리의 말을 배워.
물론 배우지 않아도
당신은 이제 틀림없이 집시야. 당신은
당신 가문의 수장이 될 거야.

이네스　멋쟁이 신사님,
한 푼만 줍쇼.

말도나도　그만두지 못해? 이네스,
이분을 몰라보겠어?

이네스　벨리카, 네가 구걸해봐.

페드로　그녀가 어떤 부탁을 해온다면,
아무리 중요하고 어려운 일일지라도,
망설이지 않고 곧바로 하겠어.
아름다운 여인을 받드는 데
당연히 돈을 받지도 않을 거고.

말도나도　할말 없어?

이네스　족장님, 저기
이미 많이 가졌는데도
계속 욕심을 부리는
과부가 오고 있어요.
(과부가 등장한다. 시종 한 명이 그녀의 손을 부

축한다.)

이네스 마님, 한 푼만 보태줍쇼.
성모 마리아와
예수 그리스도의 이름으로 부탁합니다.

과부 나한테 구걸하려고
애쓰지 않는 게 좋아.
구걸하는 게 부끄럽지도
않으냐? 차라리
다른 사람 시중드는 일이라도 할 것이지.

시종 이제 더 이상 견딜 수 없는
세상이 되어가고 있구먼.
지금은 방랑의 시기인가보군…….
어떤 계집도 하녀 노릇을 하려 들지 않으니.
놈팡이 놈들은 놈들대로
제멋대로 설쳐대기나 하고,
모두 얼간이 놈에다 건방진 계집 같으니라고.
이놈들은 음흉하고 간사스럽고
교활한 데다, 항상 못된 짓만 하는
쓸모없는 인간이야.
게다가 교회와 국왕 전하께
아무것도 바치지 않고.
대장장이 행세를 하며
사기를 치지 않나,

온갖 악행을 저질러도 곧바로 풀려나고,
초원에서 집시 놈들에게
안전한 노새는 한 마리도 없거든.

과부 요렌테, 늦었네.
그만두고 가기나 하세.
(시종과 과부가 퇴장한다.)

벨리카 내 말을 고맙게 생각하고
잘 들어요.
저 사람 앞에서 너무
궁상떨지 말아요.
요렌테나 힐처럼,
세상에는 아무것도 주지 않으면서,
욕만 하는 사람들이
반드시 있는 법이니까요.

말도나도 페드로, 저 여자 잘 봤지?
저 여자는 침대 아래 있는,
천사라고 불리는 두 개의 상자에
만 두카도[22]를 넣어둔다는
소문이 있어.
그녀는 그걸 흡족하게 바라보면서
자신의 영광으로 여기고 있다고 하지.
그래서 항시 그걸 지키고 있다고 해.
마치 압살롬[23]이 자신의 머리카락을 가꾸는 것처럼

소중하게 여기고 있지요.
그 과부는 단지 아침마다 자기 집에 와서
연옥에 있는
남편과 친척과
조상들이
최후의 심판대에서
좋은 판결을 받는
영광이 있게 해달라는
기도문을 외워주는
장님 거지에게만
매달 1레알씩 준다고 하더군.
아무것도 하지 않고
겨우 그 일만 하면서
천국행 마차에 무임승차하려 하고 있다고.

페드로 벌써 그녀를 속일
비책이 떠올랐어.
말도나도, 당신은
이미 이 세상을 떠난
그녀의 모든 친척과
친구들과 사랑하는 사람들,
심지어 하인들까지 샅샅이 찾아서
그 명단을 내게 가져와.
그럼 내가 얼마나 쉽게

그 여자 재산을 빼앗아버리는지 보게 될 거야.
이 일을 통해 내 능력을
유감없이 보여주지.

말도나도 삼 대조 할아버지부터
방금 죽은 친척의
손자에 이르기까지,
조금도 어긋남 없는
완벽한 명단을 가져오도록 하지.

페드로 자, 그럼 당신은 내가
하는 일을 구경이나 해.
이 일은 우리 모두의 이익으로 해두지.

말도나도 벨리카, 어딜 가는 거야?

벨리카 이네스가 가자는 곳으로 갈 거예요.

페드로 어디를 가든
당신의 생각은 당신을
가장 고귀한 쪽으로 이끌 것이오.

벨리카 비록 내가 바람을 타고
다닌다 해도, 그렇게 날
조롱하지는 말아요.
희미하게나마,
아직은 내 소원이
이루어질
가능성이 있단 말이에요.

페드로 당신의 빼어난 미모는
당신에게 행운을 가져다줄
수도 있소. 이리 와 봐요.
당신은 우리의 자랑이오.
당신의 성공을 확신합니다.

| 2막 |

(마르틴 크레스포 시장과 경무관과 산초 마초 시의원이 등장한다.)

시장 이보시오, 경무관.
수만 가지 일을 거뜬히 해낼 수 있는
영리하고 능력 있는
친구 하나가
나를 돕고 있는데 말이오,
그자가 하는 말이
만일 국왕 전하께서
무도회를 열라고 하신다면
지금까지 그 어떤 무도회보다
훨씬 더 훌륭하게 열라고 하더이다.

그러면서 여성 무용수들을 데려오는 건
그다지 좋은 생각이 아니라고 합디다.
왜냐하면 그건 전하께서도
이미 너무 많이 보셨기 때문에
좋아하지 않으신다는 거요.
그러니 새로운 방법으로
한 무리의 젊은 남자들에게
산골 처녀처럼 옷을 입히고,
손과 발에 많은
방울을 달게 해서 데려오자고 합디다.
그래서 나는
스물네 명의 무희로 이루어진,
로마의 콜로세움에 비교해도
전혀 손색이 없는
무용단을 만들 계획이오.
이미 당신에게 가장 뛰어난
무희 두 명을 소개했소.

경무관 아주 멋진 계획이오.

산초 하지만 지금 시장께서 말씀하신 무도회는
평범한 무도회가 아니오.
시장께서 알고 계신 것은
모두 그 젊은이의 머리에서
나온 것이오.

하지만 그 재수 없는 놈은
이미 우리를 떠났소.
그놈이 없으면 우리는
아무것도 아니라오.

경무관 그자가 그리도 대단하오?

산초 대단한 꾀돌이라오.
솔로몬도 그에게 미치지는 못할 것이오.

시장 이거 보시오.
최고 수준으로 훈련되고,
멋진 체격에 늠름하고
날렵한 스물네 명의 무용수를
생각해보시오.
특히 그들 중에
디에고 모스트렌코와
힐 엘 페라일레가 있는데,
그들은 마치 플랑드르의 애완견처럼
춤을 아주 잘 춘다오.
핀가론이 그들을 위해 기타를 쳐주면,
그들은 자신들의 기량을
충분히 보여줄 것이고,
그렇기 때문에 우리의 계획은
대성공을 거둘 것이오.
집시 남자들은 질투에 눈이 멀었고

집시 여자들은 모욕당했다고
생각하기 때문에
칼춤은 아주
진지하게 해야 하오.
당신은 무용수들 모두
좋은 체격에 열정도 아주
강하다고 생각지 않으시오?

경무관　솔직히 말하자면,
그렇게 엉망인 것은 본 적이 없소.
만약 지금처럼 간다면,
오는 길이 절대로
순탄치는 않을 것이오.

시장　내가 보기엔
당신도 질투하는 것 같소.
하지만 어떻든 간에
우리는 스물네 명의 무용수를
디에고나 힐처럼 아주 잘 훈련시킬 것이오.
사람들은 우리의 새로운 시도를 보고
깜짝 놀라거나 아니면 최소한 웃기라도 하겠지.

경무관　나는 분명히 경고했소. 그럼 이만.
(경무관이 퇴장한다.)

산초　시장께서 원하시는 대로 해보시오.
새로운 시도의 무용은

국왕 전하께 즐거움을
드릴 수 있을 것이오.

시장 당연히 그럴 것이오.
산초 의원, 잘 들어보시오.
춤은 대성공을 거둘 것이오.
자신 있소.

산초 그럴 것이오. 하지만 실속은 없을 것이오.

(시장과 산초가 퇴장하고 장님 둘이 등장한다. 그 중 한 명은 페드로 데 우르데말라스다. 장님이 어떤 집의 문 앞으로 다가가고 페드로가 그 옆에 선다. 과부가 창가에 나타난다.)

장님 연옥에 있는
축복받은 영혼들이여,
신의 손길로 위안받을지어다.
이제 곧 그 엄청난
고통에서 해방되고,
어느 날 갑자기
좋은 천사가 그대들에게 내려와
천상의 왕관을 씌워줄 것이다.

페드로 이 집을 떠나
연옥으로 간 영혼들이여,
천상의 법정에서 그대들이
편한 의자에 앉을지

딱딱한 의자에 앉을지 결정되겠구나.
그리고 그곳에서 무슨 일이
벌어지는지 보러 가기 위해
천사가 그대들을 하늘로 이끌 것이로다.

장님 아우님, 다른 집으로 가보시게.
여긴 내 집이라네.
그러니 여기선 기도하지 마시게.

페드로 나는 순수한 마음에서 기도하는 것이지
뭔가를 바라고 기도를 하는 것이 아닙니다.
그렇기 때문에 나는 어디든
내가 기도하고 싶은 곳에서 기도하지요.
말다툼이나 싸움도 두렵지 않습니다.

장님 명예로운 장님이여, 자네는
시력을 가져본 적이 있는가?

페드로 날 때부터 캄캄한 세계에 살고 있지요.

장님 나는 날 때부터는 아니었지.
하지만 죄를 많이 지어
아무것도 볼 수 없게 되었다네.
다만 불쌍한 사람이 그리 좋지 못한
광경을 보고 있다는 것은 보이지.
아우님은 기도문을 많이 아시는가?

페드로 아주 많이 알고 있고
또 그것을 말로 외우고 다니지요. 그리고 대부분

의 경우
모든 사람에게 그걸 써서 주지요.
〈고독한 영혼〉도 알고 있으며
아무도 본 적이 없는
〈성 판크라시오〉도 알고 있지요.
〈성 키르세〉와 〈성 아카시오〉
그리고 〈스페인 성인 올라야〉도 알고 있고,
그밖에 수많은 기도문을 알고 있답니다.
그 기도문들의 아름다운 언어와
좋은 말씀은 영혼을 순수하게 만들지요.
그리고 서른 가지의 〈조력자〉도
알고 있으며, 그 외에도
다른 기도문을 외우는 사람들의
질투심과 반감을 불러일으키는
수많은 주옥 같은
기도문도 알고 있지요.
나는 최고 중에 최고이기 때문에
어디든 갈 수 있습니다.
동상에 걸렸을 때 필요한
치료법을 알고 있으며,
황달과 연주창(連珠瘡)에 걸렸을 때 필요한
치료법도 알고 있지요.
그리고 수전노의

탐욕을 가라앉히고,
인간의 열정과 끝없는 호기심을
조절하는 법을 알고 있지요.
그렇게 수많은 것을 알고 있는데,
그 미덕과 자비로움에
경탄하지 않을 수 없습니다.

장님 나도 그렇게 많이 알았으면.

과부 이보세요, 좀 기다려보세요.

페드로 누가 날 부르는 거요?

장님 목소리를 들으니
이 집의 마님이신 것 같네.
그녀는 부자이긴 하지만, 무척 짠순이라네.
기도 시키는 걸
아주 잘하지.

페드로 나도 남에게 적선하는 데
인색한 사람에게는 말을 하지 않지요.
돈을 지불하지 않고
기도해달라고 하면,
나는 그저 잠자코 있을 거예요.
(과부가 등장한다.)

과부 저 창가에 기대어 서서
기독교인으로서의 당신의 고백과
수많은 병을 치료하는

많은 기도문들과
설교를 들었습니다.
바라옵건대 제 부탁을
들어주셔서 제게 기쁨을
주실 수 있을는지요?
그 기쁨의 맛을
직접 느끼고 싶습니다.

페드로 이 장님을 쫓아버리면,
부인에게 경이로움을 선사하겠습니다.

과부 즉시 물리치겠습니다.

페드로 부인, 전 선물이나 간청 때문에
기도하지는 않는답니다.

과부 나중에 오도록 해요.

장님 그럼 세 시에 와서 기도해드리겠습니다.

과부 그렇게 해요.

장님 또 볼 수 있는지 없는지 모르겠지만,
어쨌든 잘 있으시게, 아우님.
우리 서로 연락하려면
비록 아주 누추하고 보잘것없겠지만,
그래도 우리 집이 어디에 있는지 알아야 하지 않겠는가?
자네가 오면,
엄청난 환대를 받을 것이네.

내가 세고비아 금화 하나를
가지고 있는데,
내게 기적을 일으키는
기도문을 알려주면
그걸 자네에게 주도록 하지.

페드로 알았어요, 사랑과 믿음으로
가득 찬 영광스러운 집에
꼭 한 번 들리겠습니다.
숙박료는 강의료로
대신하도록 하고요.
어느 곳에서든
제가 보여줄 수 있는 기적이
마흔 가지나 되고,
그것 때문에 저는 왕 부럽지 않은
즐거운 삶을 누리고 있답니다.
(장님이 퇴장한다.)
마리나 산체스 부인,
제 말을
하늘에서 내려온
전령으로 여기시어,
깊이 명심하도록 하세요.
연옥에 있는
부인 친척들의 영혼이

천상의 법정에 들어가,
결국 그들의 못된 악덕이
낱낱이 들추어졌습니다.
그들은 매우
신중하게, 한 영혼을
존경받는 노인의
모습으로 만들어
이 세상에 나타나게 했습니다.
그리고 그에게
어떻게 하면 자신들이
용서받거나 죄를
줄일 수 있는가에 대해
상세하게 교육시켰습니다.
존경받는 노인의 모습을 한
그 영혼은 지금 여기 가까이에 있습니다.
제가 본 바로는,
그 영혼이 나귀 등에 포토시 금광[24)]을
실어오고 있었습니다.
고통의 폭풍 속에서
신음하고 있는
친척들의 영혼이 준
금화로 가득 찬
자루를 가져오고 있습니다.

왜냐하면 그들이, 지옥 명부에 기록되어
무시무시한 벌을 받으며
고통스럽게 지낼 사람들을 위해
돈 가방이나 금고, 책상 따위를
다 털어주었기 때문입니다.
아무도 모르는 곳에 숨겨져 있는,
금화로 가득한 지갑은
고통 받는 영혼을 구제하기 위해
금화를 쏟아 부어야
만족감을 느낍니다.
마리나 부인,
부인에게만 살짝 말하는 건데,
그 노인이 오늘 오후에 와서
지옥의 명단을 부인에게
보여줄 겁니다.
부인 혼자서 그를 맞이하도록 하세요.
그리고 펄펄 끓는 아궁이에서
고통을 당하고 있는 부인의 친척들이
요구하는 것을
전해줄 준비를 하세요.
이 모든 게 해결되면,
그 사람은 당신의 행복을 가져다줄
기도를 해줄 것입니다.

그것은 자기를 진심으로 맞이준
순수한 마음과
가난한 성 바오로처럼
남을 위해
자기가 가진 모든 것을
하나도 남김없이 준 것에 대해
상을 내리는 것이지요.

과부 축복 받은 장님이시여,
그 영혼이 내게 그 메시지를 보내셨나요?

페드로 그렇습니다.
하늘을 우러러
틀림없는 사실입니다.

과부 제가 그분을
어떻게 알아볼 수 있지요?

페드로 저와 비슷한 모습으로 오라고 전하겠습니다.

과부 오! 뭐라고 이 고마움을 나타낼지!
답례를 하고 싶습니다.

페드로 지금 같은 때에는
전에 모아놓았던
돈을 써야 합니다.
그리고 단식을 해야 하고
자신에게 채찍질을 해야 합니다.
오직 그것만이

고통을 받고 있는 한 영혼을
고통이 없는 곳으로
인도할 수 있는
유일한 방법이지요.

과부 알겠으니 안심하고 가세요.
그리고 그 노인에게
기다리고 있겠다고 전해주세요.
오시기만 하면 기꺼운 마음으로
제 영혼이나 마찬가지인 돈을 드리겠다고 전해주세요.
제가 비록 그리 큰 부자는
아니지만, 친척들이
어떤 정상 참작도 받지 못하고
더위나 추위의 고통을 받고 있는 걸
보고 있을 순 없으니까요.

페드로 당신의 고귀한 명성은
온 세상을 뒤덮고,
당신의 따뜻한 마음은
결코 더럽혀지지 않을 겁니다.
그리고 백조가 메안드로 호수에서
당신의 숭고함을 노래하며,
당신을 북극 산으로
데려가 하늘로 날아오르게 하고,

이 세상이 당신을
영원히 기억하게 할 것입니다.
(과부와 페드로가 퇴장하고 말도나도와 벨리카가 등장한다.)

말도나도　이봐, 벨리카, 이 사람이 바로
너를 진흙탕에서 꺼내줄 사람이야.
어떤 일이라도 해결할 수 있는
신중한 지혜와 고명한 이름이
너를 놀라게 할 거야.
그는 너에 대한 사랑 때문에
다른 계획을 잠시 미루어두고
우리에게 돌아왔단다.
그러니 제발 그를
진심으로 대하길 바란다.
내가 보기에
그 사람은 지금까지
이 세상에서 볼 수 없었던
최고의
사기꾼이 될 거야.
지금 대단한 일을 꾸미고
있는데, 그 일만 성공한다면
세계에서 유일한 엄청난 사람이 되는 거란 말이야.

벨리카 모든 걸 당신 이익을 위해 쉽게 정하시는군요.
하지만 제게는 해악이 될 수도 있지요.
나는 고귀한 혈통을 가진 나와 사회적 위치가
비슷하지 않은 사람을 절대
남편으로 받아들이지 않을 거라고요.

말도나도 너는 현실 감각이
완전히 꽝이야, 알아?
네가 아직은 젊기 때문에
그런 환상을 가질 수 있다지만,
그 젊음의 싱싱함은
태양 아래서 하루만 지나면
곧 시들어버리고 말 거야.
아름다움이, 밤이 오면 사라지는
대낮보다 더 오래 갈 거라고
생각한다면, 그건
너무나 명백한
미친 짓에 불과해.
때때로 아름다움이
멋진 신랑감을 얻게 해준다고 생각하는 게
바보 같은 짓일 수도 있어.
왜냐하면 성공적인 결혼은
비슷한 처지에 있는 사람끼리의 만남이거든.
그러니, 이 정신 나간 계집애야,

그런 말도 안 되는 환상은 당장 집어치워.
그런 것은 너를 한껏 치켜세웠다가 순식간에 내
팽개쳐버릴 뿐이야.
너와 상관없는 것을
이리저리 찾으려 하지 마.
그리고 분수에 맞는 결혼을
하란 말이야. 내가 말한
바로 그 신랑감이 네게
부와 지위와 명예와 재산을
가져다줄 거야.

(페드로가 집시 차림으로 등장한다.)

페드로 무슨 일이야, 말도나도?

말도나도 이 보잘것없는 계집애가
나를 놀라게 하지 뭐야?
약한 주제에 강한 것을 찾고
낮은 주제에 높은 것을 찾고 있지 뭐야?
이 집시 년이
비천한 신분 주제에
허영심으로 가득 차
미쳐버려 꿈속에서
하늘을 떠다니고 있어.

페드로 뭐가 어때서? 그만둬.
그녀를 무시하지 말란 말이야.

자존심을 가지고 높은 이상을 설계하면서
한 발 한 발 올라가는 거,
나는 좋다고 생각해.
나 역시, 머리는 둔하지만,
왕자나 교황, 황제나
군주가 되기를 꿈꾸지.
환상에서는 나도
이 세상의 주인이란 말이야.

말도나도 과부랑은 어땠어?

페드로 모든 것이 내가 생각했던 것보다
휠씬 더 잘되었어.
그녀는 아주 너그러워질 거야.
아니면 내가 성을 갈지.
하지만, 저기 사냥꾼 옷을 입고
축제를 벌이고 있는 사람들은 누구지?

말도나도 왕인 것 같은데.

벨리카 드디어 오늘 내 사랑의
욕망이 넘기 힘든 언덕을 넘는구나.
(왕과 시종 실레리오가 호위를 받으며 등장한다.
모두 사냥꾼 복장을 하고 있다.)
오늘에야 비로소
생각하고 보는 것만으로도
충분히 즐기면서,

내 눈을 즐겁게 하고
내 영혼에 자양분을 주는구나.

말도나도 네년의 미친 짓 때문에
무슨 문제나 생기지
않을까 걱정된다.

벨리카 운명의 힘에
역행하는 건 바보 같은 짓이야.

왕 이곳으로 사슴 한 마리
지나가는 것 보지 못했나?
상처를 입어 멀리 가지는 못했을 텐데.

벨리카 예, 전하. 조금 전에 저쪽으로
지나가는 걸 보았사옵니다.
오른쪽 등에 굵은 화살이
꽂혀 있었사옵니다.

왕 화살이 아니라 창이니라.

벨리카 가슴을 날카로운 사랑의 창에 찔려
영혼까지 괴로운 사람에게는
도망 다니며 이리저리
떠돌아다니는 것이
그다지 중요한 일이 아니옵니다.

말도나도 이런 세상에!
드디어 미친 병이 도졌나보네.

왕 아름다운 집시 여인이여, 그게 무슨 말인가?

벨리카 전하, 소녀가 말하고 싶은 것은,
사랑의 신과 사냥꾼은
엄밀한 의미에서
같다고 볼 수 있다는 것이옵니다.
사냥꾼은 오랫동안
도망 다니면서 겁에 잔뜩 질린
짐승에게 상처를 입히옵니다.
그 짐승은 어디를 가더라도
상처를 가지고 다니지요.
사랑 역시 금화살로
마음을 후벼 파옵니다.
사랑의 고통을 느끼는 사람은
비록 제정신을 잃더라도
그 고통은 계속 남게 되옵니다.

왕 이런 유식한 집시는 처음 보는 군.

벨리카 소녀는 집시이지만 고귀한 집안 출신이옵니다.

왕 너의 아버지가 누구더냐?

벨리카 모르옵니다.

말도나도 전하, 이 계집은 고아이옵니다.
이 텅 빈 머리에는
수천 가지 광기와
심각할 정도로 아둔한 짓거리만
가득 차 있사옵니다.

아마 그러면서 스스로 활력을 찾는 모양이옵니다.

벨리카　그랬으면 좋겠어요.
하지만 내가 미쳤다고 말하는 건
당신이 그만큼 무식하기 때문이에요.

실레리오　혹시 점칠 줄 아는가?

벨리카　욕망이 아주 높이
구름 위로 솟구쳐 올라갈 때에는
제아무리 겸손한 여자라도
나쁜 운수를 생각할 수는 없겠지요.

실레리오　왜 그렇게 높이 치솟으려 하는가?

벨리카　그냥 좀 높은 거지, 그렇게 높지도 않습니다.

왕　재능이 아주 많구나.

벨리카　그 재능이 소녀의 소망을, 하늘
저 높이로 띄워 보내줄 것으로 믿사옵니다.

실레리오　재미있구나!

왕　놀랍도다!
원하는 걸 하지 못하게 하는 사람에게
신의 가호가 있기를!

실레리오　왕비님 때문에 이런 말씀을 하시는 것이다.

벨리카　오자마자 바로 떠나시는 것처럼
슬픈 일은 없사옵니다.
(왕과 실레리오가 퇴장한다.)

페드로 이봐요, 벨리카, 나는 당신에 대한
사랑을 가슴에 품고,
엄청나게 미친 짓을 할 것이라오.
그러기 위해선 나의 계획을
대폭 수정하는 게 낫겠군요.
어이, 말도나도.
나는 떠나야겠어.
일을 해야 하거든.
이제 그 인색한 과부는
내 풍요의 뿔이 될 거야.[25]
이제 매우 고귀하고 정직해 보이는
수도자의 옷으로 갈아입고
멋지게 사기를 쳐보는 거야.

말도나도 어서 가.
저기 당신이 말한 옷을 갖다놓았어.
(페드로가 퇴장한다. 예술 담당 서기관이 등장한다.)

서기관 거기 누군가? 말도나도 아닌가?

말도나도 예, 소인입니다.

서기관 신의 축복이 있기를!

벨리카 어쩜, 이렇게 멋질까! 나리께서는
비천한 시골 출신이 아니신 모양이군요.

말도나도 바로 맞혔다. 나리는 도회지 출신이야.

서기관 이번에 숲에 있는 궁궐에서
무도회를 주최하게 되었네.

말도나도 저희도 참가하게 해주십시오.

서기관 그러도록 하지.
전하께서 이틀 후에
이리로 오실 것이네.

말도나도 시키시는 대로 하겠습니다.

벨리카 왕비 전하도 오시나요?

서기관 당연하지.

벨리카 여전히 혹독하시고
질투심이 많으신가요?

서기관 그렇다고 하더구나. 나는 잘 모른다.

벨리카 왕비님에다 아름답기까지 하시니
그런 것이 아니겠어요?

서기관 아무리 도덕적으로 숭고할지라도
사랑이 과하면 항상
탈이 생기게 마련이지.

벨리카 사랑과 두려움은 서로 비슷해요.
사람을 경악하게 할 때가 있거든요.

서기관 너는 얼굴도 예쁘면서 아는 것도 많구나.
내가 보기에, 네가 큐피드의
그물망에 걸린 게 확실한 듯싶다.
나는 이제 가봐야겠다.

하지만 기억해,
말도나도, 좋은
춤을 보여줘야 해.
모든 마을에서 독창적인
춤을 준비해서 올 테니까.

말도나도　최고로 멋지게 차리고 나가겠습니다.

(서기관이 퇴장한다. 실레리오와 이네스가 등장한다.)

실레리오　참 희한한 여자야!

이네스　그 아이는 원래 그렇습니다.
아무것도 아닌 일로 변덕부리고
화를 내고 미쳐 날뛰곤 하옵지요.
머릿속에 말도 안 되는
환상만 가득해서, 자기가
공주나 왕비가 되는 꿈을 꿨다거나
혹은 실제로 그렇다고 말한답니다.
그리고 집시들을
증오하고 경멸하기까지 한답니다.

실레리오　그렇다면 그녀에게
좀더 많은 꿈을 꾸게 해주지.
왕이 그녀를
좋아하고 있거든.

이네스　사랑에는 정해진

것이 없는 법이지요.
아마도 그 애 생각이
지나치게 고상하기 때문에,
지금 폐하를
필요로 할 수도 있겠지요.
소녀는 그저 나리가
시키는 대로 할 뿐이옵니다.
나리의 뜻을 전하겠습니다.
이건 오직 나리를 즐겁게 하기 위한 겁니다.

실레리오 나는 부탁이 아니라
명령을 내릴 수도 있어.

이네스 기쁨이 불안감과 같이 오면
배가 되지 않고 오히려 감소하옵지요.
지금은 일이 무척
흥미진진하게 진행되고 있으니,
먼저 춤을 추기로 하고
말은 그 다음에 하기로 하옵지요.

실레리오 훨씬 더 중요한 일을 일러두마.

이네스 말씀하세요.

실레리오 이건 비밀이다. 왕비 전하는
질투심이 심해서 기분이 곧잘 바뀌지.
그런데 조금만 불쾌한
내색을 내비치기만 해도,

국왕 전하의 기분이 상하실 것이라는 거다.
그러면 우리에게도 좋을 게 없거든.

이네스　어서 가보세요. 우리 족장이 오고 있어요.

실레리오　마침 잘되었군.
왕비님의 자존심을 뭉개버려,
나도 내가 할 수 있는 건 다 할 테니까.
(실레리오가 퇴장하고 말도나도와 수도자의 옷을 입은 페드로가 등장한다.)

페드로　지난 일을 그림으로 그린다 해도,
그 이상 잘 나올 수는 없었을 거야.

말도나도　희대의 사기꾼 부루넬로[26]도
당신 앞에선 꼬리를 내릴 거야.
타고난 재치로
모든 걸 신중하게
처리하니
항상 성공할 수밖에.
어떤 불명예나 수치도
남기지 않고 항상 유유히 빠져나가고,
그 대담하다는 시논[27]과 말 잘한다는 데모스테네스[28]도
당신의 상대가 안 될 거야.

이네스　족장님, 왕께서 그날 오후에
우리 춤을 보러 오신답니다.

페드로 그렇다면 내 사랑
벨리카에게 춤추라고 말해.
멋지게 꾸며서
가장 아름답게 만들란 말이야.

이네스 유명한 페드로가 그녀에게
희망을 안겨주었으면 좋겠어.
어서 연습해요.
멋지게 차려입고
온 마을을 깜짝 놀라게 하자고요.

페드로 그렇지. 벌써 늦었다고.
(모두 퇴장한다. 왕과 실레리오가 등장한다.)

실레리오 전하, 이제 곧
그 여자가 춤추러 올 것이옵니다.

왕 나의 욕망은 이미
정도(正道)를 벗어났어.
하지만 아직은 나보고 생각해보라 하는군.
그런데 짜증나게 왜 이리 늦는 건가?
희망이 시들어가고
헛된 믿음만이 커져가는군.
참, 왕비의 눈에
그녀가 띄어서는 안 되네.

실레리오 명을 받들겠사옵니다.

왕 뭐든지 말하게.

비록 자네가 머릿속으로

내 욕망을 비웃는다 하더라도 말일세.

실레리오 사랑이 이성적일 수는

없사옵니다.

사랑에는 이성이 들어설 자리가 전혀 없기 때문에,

전하를 탓할 수도 없지만 그렇다고 탓하지 않을 수도 없사옵니다.

왕 비록 뒤늦게 후회를 하고 있지만,

나도 내 잘못을 알아, 안단 말이야.

실레리오 왕비 전하께서 나오십니다.

왕 명심하게. 한 치의

빈틈도 있어서는 안 될 것이야.

내가 바라는 건 그것이야.

이 질투심 많은 여자는

눈치가 아주 빠르거든.

실레리오 오늘 전하께서는 아름다운 집시 여인을

만끽하실 것이옵니다.

(왕비가 등장한다.)

왕비 전하, 저를 부르시지도 않고,

정말이지, 무슨 말을 해야 할지 모르겠습니다.

왕 아름다운 곳에서

고독을 즐기고 있었소.

왕비　　그럼 제가 방해가 되었나요?

왕　　그런 말이 어디 있소?
당신은 내게
더 큰 기쁨을 주는데.

왕비　　저는 전하를 뵙지 못하거나
전하의 그림자를 보지 못하면,
불안하고, 전하를 향한
제 열정은 점점 커져만 간답니다.
비록 이러는 것이 바보처럼 보일지라도
사랑이라는 폭군이 저를 다스리고 있으니,
인내심을 가지고 저를
이해해주시기 바랍니다.

실레리오　　음악이 울리고
무용단이 들어오나이다.
(북소리가 울린다.)

왕　　자, 저 꽃들 사이로 가서
보도록 합시다.
이곳이 아주 편할 것 같소.
널찍하고 아주 좋소.

왕비　　그러시지요.
(크레스포 시장과 타루고 시의원이 들어온다.)

시장　　아직 전하께 말씀을 드리지 않았단 말인가?
어찌 그럴 수가 있나?

나는 전하께 그대들의 오만불손함을
낱낱이 다 보고하겠네.

타루고 이분이 바로 국왕 전하십니다.

시장 지금 날 놀리려는 건가? 이자가 누구라고?

왕 내가 국왕이오. 이 사람들이 그대에게 무슨 짓을 했는가?

시장 무슨 말을 해야 할지 모르겠사옵니다.
저들은 저의 노력을 비웃고 우리의 춤을 엉망으로 만들었사옵니다.
소인은 전하의 수행원들이 교수대에
서는 걸 보고 싶사옵니다.
비록 말은 안 했지만 느낄 수는 있사옵니다.
저들은 무슨 일을 꾸미고 있는 게 분명하옵니다.
우리 무용수들이
무겁고 부피도 큰 옷을 준비해서
왔사온데, 어째서 전하께서
수행원들을 벌하지 않는지 모르겠사옵니다.
저들은 이 지상에서
가장 몹쓸 사람들이옵니다.
저는 시장으로서,
할 수 있는 한 최대의
지극 정성으로,
저들에게 협력하려고 최선을 다했사옵니다.

전하를 기쁘게 해드리려고
무용단에게 방울과 수염을 준비시켰사옵니다.
저는 기존에 많이 볼 수 있었던
여자 무용을 보이고 싶지는 않았사옵니다.
대신 남자들의 떠들썩한
잔치를 하고 싶었사옵니다.
그런데 현대적이고 세련된 무용수에
익숙한 전하의 수행원들이,
저희의 복장을 보지도 않고
저희에게 난동을 부리고,
저희 옷을 누더기로 만들고
진흙을 던져
저희 무용단을 완전히
쑥대밭으로 만들어놓았사옵니다.
저들은 이 근동에서
볼 수 없는
가장 훌륭한 무용단을
망쳐버린 것이옵니다.

왕비 그렇다면 내가 전하께 기다리시도록 부탁하겠으니
다시 준비를 하도록 해보시오.

타루고 비록 다시 준비를 한다 하더라도
다시 공연하지는 못할 것이옵니다.

왜냐하면 모두,
오랫동안 준비된 주먹질과
자갈과 몽둥이세례 때문에
녹초가 되어버렸기 때문이옵니다.

왕비 내가 보고 싶은데,
한 사람도 못 온단 말이오?

타루고 그렇다면 한번 알아보겠사옵니다.

시장 타루고, 전하께서 기다리고 계시다는 것을
전해주게. 만일 렌코의 상태가
조금이라도 괜찮다면, 데려오게.
그리고 내 조카인
모스트렌코를 데려오게나.
그를 보면 다른 사람들의 상태가
어떤지 전하께서 대충 아실 수 있을 것이네.
오! 이렇게 못된 사람들이
궁궐에 살고 있다니!
소인은 전하를 모시는 저들이
모두 지체 높은 가문에서 태어나고,
최상의 법과 예절을 보여줄 거라고
생각했사옵니다.
대학 기숙사에 사는 학생들도
저들처럼 심하고
야비한 행패를

부리지는 않을 것이옵니다.
저희에게 저지른 짓으로 볼 때,
그들은 옷에는 십자가를 달고 있지만,
마음속에는 악마를
숨겨 다니고 있는 자들 같아 보였사옵니다.

(타루고가 무대 밖에서 모스트렌코를 데려온다. 귀까지 내려오는 머리 장식을 하고, 무릎까지 내려오는 황록색 스커트에 방울 달린 각반을 차고 조끼를 입고 있다. 작은북을 치고 있지만 거의 움직이지 못한다.)

타루고 시장님, 모스트렌코를 데려왔습니다.

시장 야, 이놈아, 어서 북을 치란 말이야.
그의 멋진 모습은 우리가 얼마나
많은 노력을 들였는지, 얼마나 창조적이었는지를
보여줄 것이옵니다.
이 바보 같은 놈아, 어서 춤을 추라니까.
그 다음에 네가 무용수인지 농부인지
물어보란 말이다.
이봐! 내가 지금 누구에게 말하고 있는 거냐?
조카, 일어나서 춤 좀 춰보라고.

타루고 내가 보기에, 악마가
우리를 이리로 데려온 것 같구나.
일어나서 몸을 좀 움직여봐.

(타루고가 손가락으로 그를 찌른다.)

시장 오, 악마 같은 수행원 놈들!

왕비 더 이상 때리거나 말 시키지 마시오.

시장 너의 고집이 우리를
망치고 있다는 걸 아느냐?

모스트렌코 전 움직일 수가 없습니다. 오, 하느님!

실레리오 이런 약골이 있나?

타루고 뭐가 문제인가?

모스트렌코 오른쪽 발가락이 부러졌어요.

왕 그만 하고 그대들의 마을로 돌아가라.

시장 훈키요스의 시장인 소인에게
은혜를 베푸시어
전하의 수행원들을 벌하여 주옵소서.
소인은 독창성이나 의상에서
그 어떤 이보다 더 훌륭한
다른 무용단을 데려오겠나이다.

(시장과 타루고와 모스트렌코가 퇴장한다.)

왕비 시장의 과장이 좀 심한 듯싶군요.

왕 그래도 의상은 좋았던 것 같소.

왕비 대사 처리도 좋았고 춤도 좋았으니
당연히 상을 기대했겠지요.

실레리오 다음은 집시 무용단이
나옵나이다.

왕비　　일반적으로 집시 무용수들은
얼굴도 예쁘고 의상도 아주 멋지다던데.

왕　　(방백)[29] 왕이 집시 여인 때문에 이렇듯
떨다니, 어떻게 이런 일이!

실레리오　　전하, 이 중에서
천상의 아름다움과,
지고한 정숙함을 가진
숙녀 한 분을 보시게 될 것입니다.

왕　　누군데 이렇게 얼굴 보기가 힘든 게냐?

왕비　　아직 안 왔소? 왜 이렇게 오래 기다려야 하오?

(집시풍의 옷을 입은 악사들이 등장한다. 이네스와 벨리카가 집시 남자 둘과 함께 등장한다. 모두 같은 의상을 입었다. 그중 벨리카가 가장 두드러져 보인다. 역시 집시풍의 옷을 입은 페드로와 말도나도가 등장한다. 그들은 이미 춤곡 두 곡과 북 연주 연습을 마친 상태다.)

페드로　　전하 내외분께 신의 가호가 내리시길!
저희 비천한 집시들이
힘차고 경쾌한 춤을
보여드리겠나이다.
저희의 춤을
화려한 금실로 수놓은
의상으로 치장되었으나,

그 실력은 보잘것없사옵니다.
하지만, 무엇보다도, 저의 벨리카가
우아함과 맑은 눈으로
전하의 수만 가지 시름을 없애드리고
전하에게 기쁨과 경이로움을 안겨드릴 것이옵니다.
자, 집시 여인들아,
이제 시작해 보자꾸나.

왕비 저 사람, 꽤 괜찮군.

말도나도 거기, 여자 두 명이 앞으로 나와야지.

페드로 벨리카, 사월의 꽃이여,
이네스, 환상의 발레리나여,
바로 그대들이 우리의 춤에
명성과 영광을 줄 수 있도다!
(집시들이 춤추기 시작한다.)
발동작이 하늘을 나는 것 같구나!
실수하지 말고, 타이밍을 잘 맞춰!
프란시스키야, 틀리면
어떻게 해? 이봐, 히네사!

말도나도 팔을 길게 늘어뜨려 교차시켜.
자, 이제는 하늘로 뻗고.
이게 천상의 춤이 되지 않는다면
나는 평생 재갈을 물고 살아야 한단 말이야.

페드로 자, 날렵하고
소란스러운 새들처럼.
이젠 모두 다
하늘로 팔을 쭉 펴고!

말도나도 기타 소리를 잘 듣고
발놀림을 빨리 해.

페드로 좋아, 지금 세 명 아주 좋았어!

말도나도 네 명 다 좋았어.
하지만 벨리카가 우아함과
활력과 멋스러움에서 단연 돋보이고 있어.

페드로 실내에서 춤을 춰본 적이 없어.
서로 부딪혀 넘어지지나 않을까 걱정이야.
(벨리카가 왕 옆으로 쓰러진다.)
내가 뭐랬어? 벨리카가
전하 옆으로 넘어졌잖아.

왕 천상의 여인아,
내가 너를 일으켜주마.
이 팔과 더불어 내 영혼도
함께 주도록 하마.

왕비 전하께서 신하가 될 정도니,
아주 멋진 공연이었다.
전하께서, 어쩌면 저리도
쉽게 위엄을 팽개치고,

땅에 쓰러진 집시를
손수 일으켜 세우실 수가 있단 말인가?

벨리카　위대함을 보이심이옵니다.
전하께옵서 몸을 숙이시는데,
아무도 자신을 낮추지 않았던 것은
불경죄에 해당할 것이옵니다.
전하의 위대함은 그 어떤 것에도
비교될 수 없사옵니다.
그 위엄은 결코
줄어들지 않을 것이옵니다.
곰곰이 생각해보니,
소녀의 운명은
국왕 전하와 왕비 전하의
성은을 받을 운명이었나 보옵니다.

왕비　그런 것 같구나.
아름답다는 건 참으로 좋긴 좋은 것이로다.

왕　이보시오, 왕비, 너무 그러지 마시오.
얼마나 귀엽고 재미있는 아이오?

왕비　전하의 그 가벼운 말씀이
저의 가슴을 옥죄옵니다.
여봐라, 이 집시 년들을
당장 감옥으로 데려가라.
이들의 반반한 얼굴은

누구의 영혼이라도 사로잡을 수 있느니라.
그 힘은 너무나 명백한 것이다.

왕 집시 하나가 왕비에게 그리도 질투심을 가져다준
단 말이요?
어떻게 그렇게 심한 말을
할 수 있단 말이요?

왕비 만일 이 여자가 이토록 아름답지 않았다면,
그리고 전하가 국왕이 아니시라면,
이해할 수도 있을 테지요.
하지만 그렇지 않습니다.
이년들을 당장 끌어가지 못할까?

실레리오 일이 묘하게 꼬이네.

이네스 왕비 전하, 그런 질투 어린
생각을 마음에 두지 마옵소서.
원칙 없는 명령을
거두어주시기 바라옵니다.
그리고 왕비 전하께만 드릴 말씀이 있사옵니다.
분명히 말씀드리옵건대,
그렇다고 제가 감옥을 가지 않겠다는
것은 절대로 아니옵니다.

왕비 내 방으로 데려오도록 해라.
하지만 내 뒤를 따르게 하라.
(왕비와 집시 여인들이 퇴장한다.)

왕 내 평생 왕비가 저렇게 심하게 질투하는 것을
본 적이 한 번도 없어.

실레리오 전하, 소인이 전하께옵서 원하시는 걸
저 여자에게 말했는데,
일이 잘못되어
혹시 저 집시가 왕비 전하와
단둘이서만 말을 나누다,
왕비 전하께 그걸
고해바치면 어쩌나
심히 걱정스럽사옵니다.

왕 이제 아무것도 못하고 그저 고통에
떨고 있을 수밖에 없을 듯하구나.
까마귀보다 훨씬 더
불길한 징조로다.
이리 와보라. 우리는
왕비의 분노와 혼란을
가라앉힐 방법을
찾아야 한다.
(왕과 실레리오가 퇴장한다.)

페드로 아주 잘됐어!
일을 아주 잘 처리했어!

말도나도 뭐가 뭔지 모르겠네.
마법에 걸린 것 같단 말이야.

벨리카는 감금되었고 이네스는
왕비와 말하고 싶어 하고,
생각 좀 해봐야겠어!

페드로 아직 마음을 놓아서는 안 돼.

말도나도 당연하지.

페드로 나는 최소한, 결과를 기다리지는
않을 거야. 나는 이제 집시
무리에서 벗어날 거야.
내가 틀리지만 않는다면.
성직자의 모자와 제의(祭衣)가
나를 이 위기에서
벗어나게 해줄 거야.
잘 가게, 말도나도!

말도나도 기다려봐. 대체 뭘 하려는 거야?

페드로 아무것도. 이미 엎질러진 물이야.
나는 아주 경쾌한 피를 가지고 있지.
여기서 오랫줄에
묶일 수는 없지.

말도나도 자넨, 접시 물에 빠져 죽을 걸세.
자네가 그럴 줄은 몰랐네.
나는 자네가 군대와도 맞설
용기가 있는 사나이로 알았는데…….

페드로 말이 그렇다는 거야.

내 힘은 다른 곳에 있어.
자넨, 아직 나를 잘 몰라.
들어봐, 말도나도.
명예를 아는 사람은
신중해야지 무모해서는 안 돼.
신중함이 위험을 예방하는 법이거든.
그러니 차분하게 기다리고 있으라고.

말도나도 무서우면 가서 자네가 하고 싶은 거나 해!

페드로 나도 알아. 하지만 지금 여기서
두려워하는 건 당연하지 않은가?
왕이 분노하면
법이고 뭐고 없어.
그게 왕이 가진 힘이거든.

말도나도 만일 그렇다면, 우리도 가자.
그러는 게 좋겠어.

악사들 말도나도, 우리도 두려워요.

말도나도 그렇겠지.

(페드로가 수도자 복장을 하고 넓은 소매 안에 모래가 담긴 커다란 삼베 자루 서너 개를 넣은 채 등장한다.)

페드로 드디어 마리아 산체스,
나의 축복 받은
과부의 집에 왔구나.
관대한 그대의 영혼은
하늘로 올라갈 것이오.
(창가에 과부가 나타난다.)
그녀의 남편 비센테 델 베로칼은,
자신이 지금 고통 받고 있다는 것을
그녀가 알기만 하면

그 즉시 화염 속에서
벗어날 것이오.
활활 타오르는
불길에 휩싸여,
고통스럽게 울부짖던
아들 페드로 베니토의
비명도 잦아들 것이오.
얼굴에 커다란 점이 있는
조카 마르티니코도,
자기 앞에 영광의 길이
준비되고 있는 걸 보고
더 이상 슬퍼하지 않을 것이오.

과부 수사님, 지금 내려가겠습니다.
기다리시게 해서
정말 죄송합니다.
(과부가 창가에서 사라진다.)

페드로 (방백)[30] 아이고, 하느님! 감사합니다.
일이 제대로 풀려가는 것 같습니다.
이 좁다란 길로 들어가게
해준 사람에게 감사를 드립니다.
이제 아무 걱정 없이
그저 입만 놀리면, 명예와
돈과 이익이 굴러오게 되는 거야.

기억이여, 실패하지 마라.
나를 울리거나 웃기기 전에
신중하게 또 신중하게 처신해서,
어떠한 일이 있더라도
나를 침묵하게 해서는 안 된다.
이제 저 과부가
나를 믿을 수 있도록
표정 관리를 해야겠다.
우선 놀라게 하고
그 다음엔 기쁘게 해야겠지.
하지만 결국엔 홀랑 다 벗겨 먹을 거야.
(과부가 등장한다.)

과부 수사님, 성스러운 발에 입을 맞추도록 허락해주세요.

페드로 자, 자, 일어나십시오, 부인.
이러시지 않아도 됩니다.
겸손함이 지나치면
명예가 실추된다는 걸 모르십니까?
기쁨과 멀리 떨어져
고통 받고 있는 영혼들은,
제아무리 초청 받았을지라도,
궁궐에서 열리는 행사에는
절대로 참석할 수 없는 법이지요.

손에다 수만 번 입 맞추는 것보다
단 한 번일지라도, 미사에 참석하는 게 더 중요합니다.
이건 당신 아버지가 당신에게 알려주는 것입니다.
그러니 그런 인사치레는
아예 하지 마세요.
참, 부인에게 내가
누구인지를 말하지 않았군요.
이 자루를 저를 위해 좀 맡아주십시오.
이 자루는 제가 오늘 책임져야 할
어떤 맹인을 위한 것입니다.

과부　수사님, 수사님이 누구신지는
이미 잘 알고 있답니다. 또한
영혼들이 가혹한 심판을 받지 않고
축복받을 수 있도록 하기 위해,
이곳에 오신 것도 알고 있답니다.
아주 고귀한 임무를 띠고
오신 것이지요. 각설하고,
어떻게 하면 저의 친척들이
용서받고 편히 쉴 수 있는지
그 방법 좀 일러주시기를 간청합니다.

페드로　남편인 비센테 델 베로칼은

지난날 저질렀던
악덕에 대한 죄 값으로
70에스쿠도[31)]를
내야 합니다.
아들 페드로 베니토는
4에스쿠도만 내면
그곳을 벗어날 수 있습니다.
그 돈으로 부인께서 아들에게
기쁨을 줄 것입니다.
딸인 산차 레돈다가
그 깊은 동굴에서
빠져나올 수 있도록
사랑의 밧줄을 내려달라고
부인에게 애원하고 있습니다.
작은 금화 52개를
달라며 애원하고 있습니다.
아니면 큰 금화 26개라도 괜찮습니다.
그 돈으로 감옥의
사슬을 풀어버릴 수 있지요.
우물 속에서 끔찍한
벌을 받고 있는
조카 마르틴과 킨테리아는
고통스러운 목소리로

부인을 부르며 흐느끼고 있습니다.
그들은 큰 금화 10개를
예수님을 모시는 제단에
놓아달라고 애원하고 있습니다.
그들에게 마리나는
가장 소중한 존재이기 때문이지요.
연못에서 극심한 갈증과
추위의 고통을 겪고 있는
산초 만혼 삼촌 역시,
자신의 악덕에서 자신을 벗어나게 해달라며
부인을 귀찮게 하고 있습니다.
이자는 새로 만든 은화로
겨우 40두카도만
요구하고 있습니다.
내가 이 늙고 지친 어깨로 그 돈을
짊어지고 가드리겠습니다.

과부 그곳에서 혹시 제 여동생
산차를 보셨는지요?

페드로 단단한 동판으로
뒤덮인 무덤 속에
있는 그녀를 보았습니다.
내가 그 위를 지나갈 때,
그녀가 내게 말하기를, "당신이 만일

내가 겪고 있는 고통을
불쌍히 여긴다면,
우리 언니에게 가서,
이 안개에서 벗어나
밝은 세상으로 가는 것은
오로지 언니 뜻에 달렸으며,
자비로운 마음만이 그 안개를
헤칠 유일한 빛이라고 전해주십시오.
언니는 똑똑한 여자이기 때문에,
내 고통을 알게 되면,
곧장 피렌체 금화 30개를
내어줄 거예요"
라고 말했습니다.
그 외에도 부인의 수많은
친척들과 하인들을 보았습니다.
어떤 이는 2두카도를,
어떤 이는 금화 1개를
부인에게 부탁했습니다.
그렇게 더할 사람 더하고
뺄 사람 빼고 하니
총 합계가
250에스쿠도가
나왔습니다.

하지만 걱정하지 마십시오.
만일 계산이 맞으면
카쿠스[32] 같이 생긴 주점 주인을 통해
지금 부인에게 맡긴 이 자루를
내게 건네주면 됩니다.
이것은 깊은 동굴 속
불탄 장작더미를
맨발로 걷고 있는 부인의 딸 때문입니다.
하지만 그녀는 단지 불 때문에
고통스러워하는 건 아니랍니다.
노새를 치는 소년이
지금 부인의 손에 있는
두 번째 자루를 내게 건네주었습니다.
그 녀석은 비록 천성은 좋지만
세상 여기저기를 떠돌아다니는 비렁뱅이였습니다.
순금으로 가득 채워질 자루는
영혼들의 힘들고
쓰디쓴 벌을
달콤한 꿀물로 바꾸어주는
신비한 마법 주머니입니다.
부인은 강하고 너그럽고
덕망 있는 분이십니다.

그 어떤 것도 부인이
고통 받는 영혼들의 괴로움을
덜어주는 걸 막을 수는 없습니다.
부인을 숨 막히게 했던
매듭을 시원하게 풀어버리십시오.
그리고 차분한 목소리로 말하십시오.
"그러겠습니다, 하느님.
성스러운 명만 내려주십시오."
그 돈을 건네는 순간,
그들의 고통에 찌든 손에는
커다란 기쁨이 깃들게 되고,
비인간적인 불길은
이내 연기로 사라져버릴 겁니다.
생각하지도 않았는데,
한 노예가 예쁜 구두를 신고
하늘에서 우아하게 춤을 추며,
귀부인으로 변하는 모습을 본다면,
어찌 아름답지 않을 수 있겠습니까?
부인은 언제
어디서건 항상
부인이 오늘
자유롭게 해준 영혼들의
칭송과 찬양을 받을 것입니다.

(과부가 페드로에게 자루를 돌려준다.)

과부　조금만 기다려주세요.
잠시 후에 지금 제게 말씀하신 것을
가지고 돌아오겠습니다.

(과부가 퇴장한다.)

페드로　하늘이 부인의 생을
축복할 겁니다.
여기에 성서에서나
볼 수 있는
훌륭한 여인이 있도다.
마리나 부인, 부인께서는 이승에서도
저승에서도 복을 받으실 겁니다.
아름다운 벨리카,
비록 나의 사랑을 좋아하지
않을지라도, 이 거짓말로
얻은 결과물을
마음껏 즐겨라.
이 돈을 너와
무용을 위해 써.
나는 네가 돈이 없어서
원하는 것을 하지 못하는 걸
보고 싶지 않단 말이야.

(과부가 돈으로 가득 찬 지갑을 가지고 돌아온다.)

과부 수사님, 이거 받으세요.
여기 말씀하신 돈이 있습니다.
좀더 넣고 싶었는데…….

페드로 마리나 부인, 부인은
기독교적 행동의 모범이십니다.
이 언덕을 뛰어넘어
단숨에 로마로 가서,
곧바로 땅 속 깊은 곳으로 들어가
내가 누구인지를 말할 것입니다.
그러면 부인은, 앓고 있는
치통이 치료되는 축복을 받을 겁니다.
그리고 그 어떤 사기꾼도
부인에게 아무 짓도 못하게끔 보호받을 것이며,
밤에 부인을 엿보는
음흉한 눈길로부터도 보호받을 것입니다.
또한 어두운 방에서
가장 연약한 심장도 아무런 두려움 없이
날개를 활짝 펼 수 있을 겁니다.
(페드로가 성호를 그어 과부를 축복한다.)
위대한 페드로 데 우르데말라스의
축복을 받을지어다.
(페드로가 퇴장한다.)

과부 끝없이 고통 받는

영혼을 구제하는
진정한 파수꾼이시여,
연옥으로 가는 길은
내리막길이라고 했습니다.
그러니 어서 빨리
쓰디쓴 눈물 가득한
어둠의 광야로 가셔서,
제가 드린 풍요로움을
나누어주시옵소서.
제가 드린 금화 하나하나
은화 하나하나에는
저의 영혼이 들어 있습니다.
저는 기꺼운 마음으로
여기 남아 기다리겠습니다.
하지만 돈 자루가
내게서 멀어지는 걸 보니
마음이 무거워지는군요.
그래도 굳은 믿음으로
언젠가 천상의 세계로 가렵니다.

(과부가 퇴장한다. 왕비가 몇 가지 보석을 싼 보자기를 들고 등장한다. 그 뒤로 늙은 기사 마르셀로가 등장한다.)

왕비 마르셀로, 그대의 명예와

생명을 보장할 것이니,
비밀의 맹세에 대해
걱정하지는 마시오.
그러니 부탁건대 내가 묻는 말에
대답해주기 바라오.

마르셀로 부탁이라니 당치도 않으십니다.
왕비 전하께서는 명령만 내려주십시오.
하문(下問)하여 주옵소서.
저의 명예와 목숨은
왕비 전하 발 아래 있사옵니다.
이것은 저의 기쁨이옵니다.

왕비 이 보석들은
누구의 것인가요?

마르셀로 한때 저의 주군께서
가지고 계시던 것이옵니다.

왕비 그럼 왜 지금은 주인이 바뀌어
있소? 지금 이건 내게
대단히 중요한 문제이오.
준 것인지, 빼앗긴 것인지 말이오.

마르셀로 만일 진정한 사랑이 만들어내는 것이
불명예와 추악한 범죄라면,
그래서 모두에게 중요한
일이라서, 대지가 죄와

불명예를 덮고 있었다면,
이제는 산 자에게나 죽은 자에게
더 이상 중요한 일이라 할 수 없기 때문에
침묵을 깨려 하옵니다.
안개가 자욱하여
빛이 거의 없던 어느 날 밤에
테라스에 걸터앉아,
폐하께서 제게 배필로 정해주신
펠릭스 알바 공작을
보려던 참이었는데,
──오, 그녀에게 신의 가호가 있기를!
그녀가 갑자기 다급하게 소인을 부르더니
걱정스러운 목소리로
이렇게 말하였사옵니다.
"당신이 누구시든 간에,
지금 이 순간에
당신에게 구원을 요청하는
사람에게 기독교도의
따뜻한 마음을 보여주신다면,
항상 행운이 따를 것입니다.
이 아이에게
물로 세례를 받게 해주시고
이름을 지어주십시오.

이 아인 귀한 아이옵니다."
이 말과 함께
향기로운 흰 버드나무로
만든 바구니를
자신의 땋은 머리로 내려놓았사옵니다.
그러고는 문을 닫고 들어가 버렸사옵니다.
그 순간 소인은 아무 생각도
할 수 없었사옵니다.
놀랍기도 하고 고민스럽기도 했사옵니다.
바로 그 바구니 안에서
갓난아기의 울음 소리가
들렸기 때문이지요.
그 시간에 그런 일을 맡게 되다니요!
중요하고 핵심적인 것만
말씀드리자면,
바로 거기서 나와
도시에서 멀지 않은
낮은 언덕 위에 있는
마을로 갔사옵니다. 하지만
불행을 좋아하는 하늘이,
여명이 밝아올 때,
소인을 사람이 많지 않은
초라한 집시들의

마을로 이끌었사옵니다.
선물을 주면서 부탁을 하자,
그렇게 어리지 않은 집시 여인이
아이를 맡기로 했사옵니다.
그 여자가 포대기를 벗겨내자
그 안에 이 보석들이
헝겊에 싸여 있었사옵니다.
소인은 그것이 왕비 전하 동생의
것이라는 걸 단박에 알아볼 수 있었사옵니다.
소인은 태어난 지 얼마 안 되는
예쁜 여자아기와
보석을 남겨놓고
그곳을 떠났사옵니다.
소인은 집시 여인에게
그 아이에게 세례를 주고 교육을 시킬 것이며,
또 보잘것없더라도 깨끗한 옷을 입혀
키우라고 말했사옵니다.
참으로 이상한 일이었사옵니다.
이 일을 왕비 전하
동생께 전해드렸을 때
소인에게 말씀하시기를,
"마르셀로, 보석이 내 것이듯,
그 아이는 내 아이일세.

펠릭스 알바가 그 아이 어머니라네.
이제 그녀가 내 유일한 희망이고,
내 고통을 영광으로 바꿔줄
유일한 사람이라네.
아이는 어머니가
준비할 시간도 주지 않고
예정보다 빨리 나왔다네.
하지만 별 탈 없이 태어났지."
그 말에 제가 당황하고 있던 차에,
갑자기 교회 종소리가 들렸사옵니다.
그곳에는 수도원도 없었고
교회도 없었는데 말이옵니다.
그것은 누군가
지체 높으신 분이
돌아가셨음을
뜻하는 것이지요.
그때 시동(侍童)이 들어와
말하기를, "나리,
펠릭스 알바 공작께서 어젯밤
갑자기 돌아가셨습니다.
그래서 교회 종소리가 울리고
사람들은 울고 있습니다."
이 새로운 소식에

전하의 동생께서는
눈동자도 움직이지 않고
멍하게 계시었사옵니다.
한동안 그렇게 계시더니,
소인에게 이렇게만 말씀하셨습니다.
"자네가 내 아이를 키워주게.
보석도 그대로 간직하게 하고.
그리고 다 크더라도 자신이 누구인지
절대 알게 해서는 안 되네.
그게 내 바람이라네."
그러고는 두어 시간 후에
전장으로 떠나셨사옵니다.
그분은 아랍인과 싸우시면서
사랑도 기억도 다 잊으셨사옵니다.
그리고 소인에게 편지를 쓰실 때마다
벨리카를 보러가라고 하셨습니다.
벨리카라는 이름은 아기씨를 친어머니처럼
키워준 집시 여인이 지어준 이름입니다.
소인은 그분의 뜻을 감히 알 수가 없사옵니다.
또 그분이 이 이상하고 슬픈 이야기를
알리지 않는 이유가 무엇인지
짐작할 수가 없었사옵니다.
집시들은 그녀에게 어떤 집시가

그녀를 납치했다고 말했으며,
그녀는 혼자 자신이 어떤 고귀한 신분의
자손이라고 믿고 있다고 하옵니다.
소인은 종종 아기씨를 뵈러 갔사온데,
말씀하시고 행동하시는 것이
마치 오래 전부터
왕족이었던 것처럼 보였사옵니다.
아기씨를 키워주던 여인은 죽기 전에
아기씨처럼 아름답거나
젊지 않은 다른 딸에게
보석과 함께 아기씨를 맡겼사옵니다.
그 보석을 갖고 있는
그 여자 역시,
자기 어미 이상은
알지 못하옵니다.
누가 기백이 있으시면서 또한
아름다우신 왕비 전하의 조카이신
벨리카의 부모님인지
모르고 있사옵니다.
이것이 제가 알고 있는
모든 것이옵나이다.
그런데 어떻게 그 보석이
지금 여기에 있사옵니까?

왕비 나도 그 이야기를
어느 정도는 알고 있었다오.
지금 경이 한 이야기는 내가 알고 있는
이야기와 정확하게 일치하고 있소.
하지만 말해보시오. 만일 경이 말한
그 집시 여인을 본다면
누군지 알아보시겠소?

마르셀로 틀림없이 알아볼 수 있사옵니다.

왕비 그럼 여기서 좀 기다려주시오.
(왕비가 퇴장한다.)

마르셀로 누가 이 보석들을 여기에 가져왔단 말인가?
역시 영원히 감출 수 있는
일은 없는 모양이로구나!
말한 게 잘못이었나?
그래, 세 치 혀는 결코 이성적일 수 없어.
명예를 회복하기는커녕
오히려 아주 치명적인 일이 될 수도 있어.
(왕비가 벨리카와 이네스와 함께 돌아온다.)

왕비 이분이 네 동생을
찾아오던 분이시냐?

이네스 네. 저희 어머니와 오랫동안
말씀을 나누시는 걸 보았사옵니다.

왕비 그러고 보니 내 동생과

많이 닮은 것 같구나.
그래, 바로 내 눈앞에
조카가 서 있는 거야.

마르셀로 지금 손을 잡고 계신
이 아기씨가 바로 전하 동생분이
가장 사랑하는, 또 가장 사랑해야 하는
분이십니다.
만일 신이 아버지를 통해
고귀한 피를 물려주셨다면
하늘은 어머니를 통해서도
고고함을 물려주신 것이옵니다.
아기씨는 그 아름다움만으로도
귀하게 대접받아야 할 것이옵니다.
(왕과 기사가 등장한다.)

왕 질투가 미친 짓이라는 건
이미 널리 알려진 사실이오.

왕비 차라리 사랑이 없다고
말씀하시지요, 전하.

왕 질투는 분노요. 그런 곳에
사랑이 있을 수 없는 일이오.
좋은 의도에서 나쁜 결과가
절대로 나오지 않는 법이오.

왕비 저한테는 그 반대였습니다.

질투심은 항상 저를 괴롭혔으니까요.
전하를 향한 저의 크나큰 사랑 때문에
항상 질투심이 일어났던 것입니다.

왕 복수를 할 수 있다면,
왕비에게 복수를 하고 싶을 정도라오.
집요하게 계속된
왕비의 의심은
나를 괴롭히는
폭력이었소.
잘 생각해보오.
내가 일개 집시 여인 따위에게
몸을 굽힐 정도로
그렇게 하찮은 혈통이라고 생각하시오?

왕비 전하, 그녀는
대단히 아름답고
교양 있으며
어딘지 모를 내적인 힘이 있습니다.
진심으로 아뢰옵니다. 전하께서도
그녀의 아름다운 눈을 보시옵소서.

왕 지금 과인을 화나게 하고 싶은 것 같은데,
그런 방법으로는 안 될 것이오.

왕비 뭐라고요? 이렇게 아름다울 뿐만 아니라
저의 조카가 되려고 하는

한 여인을 바라보는 게
그토록 두려운 일입니까?

벨리카　이네스, 이게 지금
무슨 소리야?
나를 놀리려는 게 틀림없어.

이네스　조용히 하고 잘 들어봐.

왕비　이 아이를 잘 보시고
누굴 닮았는지 말씀해주시지요.

왕　눈은 로사미로의 눈을 그대로
옮겨 놓은 듯하오.

왕비　당연하지요.
그의 딸이니까요.

기사　농이 너무 지나치십니다.

왕비　이렇게 명백한 증거가 있는데
어떻게 그렇게 생각할 수가 있소.

왕　정말 농담이 아니라면,
이건 참으로
놀라운 일이오.

왕비　이사벨,[33] 국왕 전하께
인사를 올리고, 내 동생의 딸로
인정받도록 하여라.

벨리카　종으로 여겨주옵소서.

왕　일어나라. 아름다운 소녀야.

너의 아름다운 외모가
이 모든 걸 믿게 하는구나. 그리고
좀더 많은 걸 기대할 권리가 있도다.
하지만, 왕비. 어떻게
이 일을 알게 되었소?

왕비 아무리 세상에 알려지고 또 아무리 짧은
이야기일지라도 지금 말씀드릴 수는 없습니다.
성으로 돌아가시지요.
돌아가는 길에
모든 걸 다 아시게
될 것이옵니다.

왕 갑시다.

마르셀로 모든 것이 명백한 사실이옵나이다, 전하.
저분의 용모가 그걸 말해주고 있사옵니다.
소인이 이 모든 연극의 배우였사옵니다.
(벨리카와 이네스만 빼고 모두 퇴장한다.)

이네스 벨리카, 너는 이제
왕비 전하의 조카가 되었어.
하지만 지금까지
너를 키워준 우리를 잊어서는 안 돼.
그리고 우리가 함께
물건을 훔치기도 하고,
자존심도 없이 다른 애들과

춤도 추었다는 걸 기억하길 바라.
머리 끄덩이를 잡고
싸우기도 많이 싸웠지만,
그래도 나는 항상
너를 존중했어.
이제 우리 불쌍한 집시들에게
뭔가를 해줄 수 있겠지?
그러면 너의 복은
훨씬 더 넘쳐날 거야.
그리고 그렇게 하는 것이 네 본성에
가장 어울리는 것이고 말이야.

벨리카 부탁할 것이 있으면
말해봐. 들어줄게.
(벨리카와 이네스가 함께 퇴장하고 학생처럼 긴 망토와 모자를 쓴 페드로 데 우르데말라스가 등장한다.)

페드로 사람들은 자연의 다양성 때문에
기쁨과 아름다움을
만끽할 수 있다고 하는데,
그건 정말 맞는 말이야.
매일 같은 것만 먹으면,
금방 싫증이 나듯이,
지혜로운 사람이 오직 한 가지

목표만 갖는다는 것은 말도 안 되지.
옷 한 벌만 입는 것이 지루한 일이듯 말이야.
마찬가지로 여러 가지 일을 할 때,
비로소 우리의 의지도 변하게 되고
정신도 휴식을 취하게 되지.
나는 여러 가지 일을 하고 난 후에
신이 부르면 이 세상을 떠날 거야.
그리고 하늘로 가서 내가
제2의 프로테우스였다고 말할 거야.
오, 신이시여! 제가 지금껏
얼마나 많은 옷을 갈아입었으며,
얼마나 많은 직업과 얼마나 많은 일과
얼마나 유창한 말을 많이 해왔습니까!
이제는 학생처럼 꾸미고
왕비한테서 도망치면서
저의 불안한 운명과
맞서고 있습니다.
하지만 왜 이렇게 내 계획은
계속 변하는 걸까?
우리의 영혼이 계속
변해야 하는 것이라면,
신이 내게 내리시는
일을 하는 수밖에.

(농부가 암탉 두 마리를 데리고 들어온다.)

농부 한 마리도 안 팔리는 걸 보니
오늘은 분명 화요일이군.[34)]

페드로 이보시오, 그것 좀 봅시다.
이리 오시오. 그런데 왜 이리 호들갑이오?
이놈들, 무척 통통하게
살이 오른 게
아주 좋아 보입니다그려.
신의 가호가 있기를!
이놈들을 놓고 가시오.
놈들로 하여금 전원생활을 만끽하게 하면서,
성스러운 유물처럼 멀리서
이놈들을 구경하란 말이오.

농부 일단 계산 먼저 하시고
제단에 바치든지,
유물처럼 구경하든지,
손님 마음대로 하시구려.

페드로 오직 성스럽고 정당한 가격만이
가장 가치 있는
기독교도의 바람을
만족시킬 수 있을 것이오.

농부 이보시오, 친구,
턱도 없는 소리 하지 마쇼.

(배우 1과 2로 지칭되는 두 사람이 등장한다.)

페드로 이런 멍청한 위선자!
그래서 네놈은,
고귀한 뜻을 품은
가무잡잡한 사람이 네놈에게
말하는 걸 알아듣지 못한단 말이다.
그 사람은 닭 두 마리로,
아직은 신의 가호로
건강하게 살아 있는,
알제리에 잡혀 있는
포로 두 명을 구출하려고 한단 말이다.

배우 1 (방백) 죽이는 이야긴데…… .
정체가 뭐든 간에, 이 집사님이
사목회장[35] 역할을 하고 있는 게 틀림없어.

페드로 이런 욕심쟁이가 있나!
어찌 그리 무정한 시기심으로 똘똘 뭉쳤느냐?
어찌 얼마 되지도 않는 그까짓 돈으로
두 명의 기독교 형제를
폭압적인 이교도 놈들의 손에
놓아둘 수 있단 말이냐!
식인종 밥이나 되어버려라.

농부 이거 보시오, 광대 양반.
내 닭들이 임자 없는

닭들인 줄 알아?
내가 이 얼마 안 되는 재산을
당신한테 호락호락 넘겨줄 줄 알았느냐고?
부자들이나 궁궐 사람들,
수도사들이나 시주를 많이 하는 사람들에게나
기독교 형제들을 구하라고 해.
나는, 내 두 손이 일을 안 하면,
동전 한 푼 가질 수 없다고.

배우 1　(방백) 우리도 장단 좀 맞춰볼까?
당신은 아주 삐딱한 시선을 가지고 있군?
악질에다 몰인정하기가 그지없고,
어디 괜찮은 구석이라고는
찾아보려야 찾아볼 수가 없어…….

페드로　내 저주가
너와 너의 가문에
내릴 것이다.
네놈이 페스[36]의 감옥에
갇혀 있는 게 보인다.
다른 것도
아니고, 겨우
닭 두 마리 때문에…….
천하의 노랑이에다
악마 같은 놈!

그런데도 나라에서는
성스럽지도 않고 탐욕스럽기만 한
일반 백성에게 자비를 베풀라고 하고 있으니,
어쩌다 세상이 이렇게
불쌍하게 되었나!

농부 이런 제길! 내 닭이나 이리 내!
내 닭을 자선 구호품으로 낼 수 없어.

배우 1 당신은 살진 돼지 두 명을
구출하는 방법에 대해
전혀 모르고 있어.
나는 그 돼지들의 생김새를 적어놓았지.
덩치가 무척 크고
뚱뚱한데다 턱수염을 길렀어.
돼지의 가격은 내 계산으로 적어도
300두카도는 훌쩍 넘을걸.
나는 이 닭 두 마리로
그들을 구출하겠어.
그런데 이 어리석은 놈이
참으로 못된
심보를 가지고 있으니, 원!
이놈에게는 오직
탐욕과 재난, 파멸과 의심만이
가득 차 있어.

농부 여기에 정의의 사도가 있어서
얼마나 다행인지 모르겠군!
(농부가 퇴장한다.)

페드로 나도 말을 할 줄 알고 움직일 수 있소.
좀 기다려봐요.

배우 1 당신은 항상
사기 행각을 벌이는
왕 사기꾼이오.

배우 2 그냥 놔둬! 그래도
떡고물은 좀 남겼잖아!
가게 놔둬, 행운이나 빌어주자고.

배우 1 그럼 이제 뭘 하지?

페드로 당신들 마음대로.
우선 포로들의 닭털을
뽑아낸 다음에
근사한 술집에서
진하게 한잔
걸치는 거야.
그리고 친구들,
나는 이런 일에서
완전히 손을 떼겠어.

배우 2 그러기에는 커다란 장벽이 있어. 큰일났어.
우선 빨리 예행연습을 해봐야 해.

페드로 그런데 당신들, 배우요?

배우 1 죄가 많아 그렇게 됐소.

페드로 나의 작은 영웅들이여,
나의 든든한 아틀라스 신[37]이여,
나의 포토시의 은광(銀鑛)이여,
그대들에게 내
모든 희망을
걸도록 하겠소.

배우 2 뭐 잘못 먹었소?
그 많던 꾀는 다 어디로 간 거요?

페드로 나는 틀림없이 배우가 될 거요.
반드시 내 명성과
업적에 대한 노래가
세상 방방곡곡에
울려 퍼지도록 할 것이오.
그리하여 지금은 아무도 살지 않는
폴리세아 왕국까지 퍼지고,
데 로스 리오스라는 성을 가진 니콜라스[38]보다
훨씬 더 유명하게
될 거요.
내게 이 세상이 가혹한 것이라고
가르쳐준 마법사의 성도
바로 데 로스 리오스였소.

그는 비록 앞을 보진 못했지만.
이 세상에는 수많은 사기 행각이
벌어지고 있음을 알고 있었다오.
비록 페드로 데 우르데말라스라는
이름은 잊혀질지라도 내 명성은
짚방석만 있는 가난한 집부터
실크로 둘러싸인 화려한 집에 이르기까지
널리 퍼지게 될 것이오.

배우 2 나리, 도대체
무슨 말씀을 지저귀는 것인지
알아들을 수가 없는뎁쇼.

페드로 당신들한테 내 살아온 이야기를
하다니……이런 바보 같은…….
게다가 지금…….
자, 이제 내가 광대가 되면
운이 좀 좋아지는지 봅시다.
당신들은 내가 가지고 있는
끼를 보게 될 것이오.
나는 특히 막간극에서
보여줄 수 있는 최고의 속임수를
보여줄 수 있거든.
(배우 3이 등장한다.)

배우 3 이제 연습할 시간이라고

하지 않던가요?
국왕 전하께서 시작하라고 하셨어요.
극단장님께서 이미 한 시간 반이나
기다리고 계신다고요. 이렇게 나사가 풀려서야.

배우 1 서두르면 시간에
맞출 수 있을 것이오.
잘 생긴 양반, 이리 오시오.
내가 오늘 배우로 데뷔시켜줄 테니.

페드로 내가 배우가 된다면,
극단장 또한
될 수 있음을 보여주겠소.
마법사 말헤시가
내게 예언한
행운의 시간이
드디어 다가오고
있는 것이오.
나는 족장이 될 수도 있고
교황이나 학생,
황제나 성주를 연기할 수도 있소.
광대라는 직업은
모든 걸 다 해야 하는 것 아니오?
그렇게 사는 게 비록 힘든 인생이긴 하지만
아주 흥미 있는 일이지요.

홍미 있는 일을 다루면
아무리 독설가라 하더라도
게으르다고 비판하지는 못할 것이오.
(모두 퇴장한다. 극단장이 대본을 갖고 등장한다.
페드로와 배우 두 명이 등장한다.)

극단장 당신들 지금
제대로 일하고 있는 거야?
보자보자 하니까 정말…….
더 이상 참고 볼 수가 없잖아.
아니, 그래, 20일 동안
이 연극 하나 준비하지 못했단
말이야? 입 있으면 말 좀 해!
이 연극에 내 모든 게 달려 있단 말이야.
으이그, 혈압 올라가네.
그러면서도 월급날에 빠지는 놈은
한 놈도 없어, 그거 알아?
으이그, 내가 미친다, 미쳐.
네놈들 연습할 시간에
개랑 족제비 데리고
배우들이나 찾아봐야겠어. 아무리 모집 광고를
한다고 해도
지원자가 나타나지는 않겠지만 말이야.

페드로 내가 마음만 먹으면,

이 세상 그 어떤 사기꾼이나
그 어떤 수다쟁이도
나를 따라올 수 없습니다.

극단장 만일 이자의 허세가 사실이라면
제법 쓸 만하겠는데.

페드로 나는 광대가 해야 할 일을
모두 알고 있습니다.
게다가 광대가 되기 위해 필요한
수많은 희한한
조건까지 모두
알고 있지요.
우선 기억력이 좋아야 하고요,
그 다음으로는 말이 청산유수여야지요.
그리고 세 번째로
세련되어야 하지요.
도련님 역을 맡기 위해서는
반드시 멋진 외모를 갖춰야 하고,
음색과 몸짓에
너무 집착해서도 안 되지요.
무관심은 조심스럽게 표현해야 하고,
노인은 진중하게, 젊은이는 날렵하게 표현해야 하며,
사랑에 빠진 젊은이의 복잡한 감정을 제대로 표

현해야 하고,
질투에 사로잡힌 사람의 분노를 잘 표현해야 하지요.
대사를 읽을 때,
이런 기술을 신중히 구사해서
작중 인물에
몰입해야 하고요,
운문을 낭송할 때는 훈련된 언어를 통해
그 의미를 전달하여,
생명력이 없는 이야기에
생명력을 불어넣어야 하지요.
공포감을 통해
웃던 사람을 울게 해,
재빠르게 관객을
울음바다로 만들 줄도 알아야 합니다.
연기하는 대상이 무엇이든 간에
관객은 배우를 작중인물로 여길 수 있어야 하며,
만일 이게 성공한다면
그 사람을 훌륭한 배우라 할 수 있겠지요.
(예술 담당 서기관이 등장한다.)

서기관　왜 이렇게 늦는 거요?
당신들이 연습을 마칠 때까지 기다려야 하는 거요?

당신들 지금 궁궐에서
무슨 일이 일어났는지 모르나본데.
이제 기다리는 건 지긋지긋하니까,
어서 서두르시오.
국왕 전하와 왕비 전하가
새로운 조카분과 함께 기다리고 계시오.

극단장 조카라니요?

서기관 집시 여인이라오. 아주 아름답다고 하더구먼.

페드로 혹시 벨리카라는 이름을 가졌나요?

서기관 그렇다는 거 같지, 아마.
하지만 지금은 나도
더 이상 자세한 것은 모르겠소.
왕비 전하가 그분께
파티를 열어주시겠다고 하셨소.
그러니 와보면 무슨 일이
벌어지는지 알게 될 거야.

페드로 제발 나를 단원으로
받아주세요.

극단장 당신은 이미
우리 극단 사람이야.
당신의 재능은 관객을
끌어 모으기에 충분하거든.
자세한 건 나중에 말하기로 하고,

우선 막간극을 연습하면서
당신의 재능을
보도록 하지.

페드로 연습 같은 건 필요 없어요.

서기관 늦었다고 하지 않소?

극단장 다 모였나?

광대 1 예.

(모두 퇴장한다. 왕과 실레리오가 등장한다.)

왕 저 애는 어떤 옷을
입어도 아름다워.
저 아이 때문에 죽을 지경이야.
여자로서 나를 죽이려고 훈련받은 모양이야.
아무리 친척이라도
내 욕망을 억누를 수는 없어.
오히려 더 커져만 가고 있어.
아, 슬픈 내 영혼이여!
(기타 소리가 들려온다.)
그런데 이건 무슨 소리냐?

실레리오 배우들이 옷 갈아입으러
가고 있는 모양이옵니다.

왕 이젠 파티가 나를 슬프게 하는구나.
과인에게는 오직
욕망만이 있을 뿐,

과인은 사랑의 바다에서 몰아치는
파도 속에서 허우적거리고 있도다.
들어봐라, 마치 과인의 슬픈
이야기를 노래하고 있는 것 같지 않느냐?
그녀에 대한 기억이
영원히 살아 있을 것이다.
(악사들이 노래를 부르며 등장한다.)

악사들　집시 여인들이 춤을 추면
임금님이 그들을 바라보네.
그러자 왕비님이 질투심으로
그들을 가두라 하시네.
벨리카와 이네스는
부활절 날에
임금님 앞에서
집시 춤을 추었다네.
벨리카가 발을 헛디뎌
임금님 옆에 쓰러졌네.
임금님이 순수한 마음으로
그녀를 일으켜 세우셨지.
하지만 벨리카의
아름다움을
왕비님께서 질투하시어
그들을 가두라 하시네.

실레리오 저들은 이미 스스로 도취되어
전하를 알아보지 못하는 것 같사옵니다.

왕 불러서는 안 될 노래를
부르고 있지를 않은가?

악사 1 전하께서 여기 계시다. 조용히 해!
우리 노래 때문에 불쾌해하실지도 몰라.

악사 2 안 그럴 거야.
새로운 노래니까 좋아하실 거야.
멜로디도 경쾌하고
이미 모두가 다 아는
내용 아닌가? 게다가
왕비 전하께서 질투심이 많다는데,
남편을 질투하는 건
여자의 권리 아닌가?

왕 아주 박식하구나.
악마에게나 그 얘길 들려주어라.
실레리오, 삶과 죽음이
함께 오고 있구나. 과인이 어찌 하면 좋겠나?

실레리오 여기서는 진심을,
저기서는 거짓을 보이소서.

(왕비가 귀부인의 옷을 입은 벨리카와 함께 등장한다. 그 뒤로 집시 옷을 입은 이네스와 말도나도, 극단장, 마르틴 크레스포 시장, 페드로 데 우

르데말라스가 등장한다.)

페드로 벨리카, 아니
이사벨이시여,
천하의 협잡꾼
페드로가 문안 드리옵나이다.
명성을 얻기 위해,
여러 가지 일을 한
페드로 데 우르데가
니콜라스 데 로스 리오스로 변신했사옵니다.
여기 마마의
페드로가 집시에서
유명한 배우로
탈바꿈했사옵니다.
이는 만일 마마께옵서
뛰어난 마마의 재능을 감추고 싶지 않으시다면,
소인이 마마께서 상상하시는 것보다 훨씬 더
다양한 방법으로 마마를 즐겁게 하기 위해서이옵니다.
마마의 소원과 소인의 바람은
이미 그 결말이 났습니다.
소인의 바람은 허구로 드러났고
마마의 소원은 현실로 나타났사옵니다.
세상에는 사람이 아닌 허수아비에게조차

이루어지는
수많은 운명이 있습니다.
좋을 수도 있고 나쁠 수도 있지요.
저는 광대로서
연극에서는 왕이 될 것이며,
관객이신 마마께옵서는
이미 왕실의 식구가 되셨사옵니다.
이제 우스꽝스러운 연기로 마마를 즐겁게 해드리
겠사옵니다.
하지만 만일 마마께옵서 일반 백성의
천박한 변덕을 따르고 싶지 않으시다면,
소인의 말을 진지하게 들어주시옵소서.
만일 높은 신분에도 불구하고
마마께 겸허한 마음이 있으시다면,
그 겸허함을 영원히
간직하시옵소서.
마마의 본성과 미덕은
소인을 기쁘게 하옵니다.
절대로 과거를 잊어버리는
배은망덕한 그림자를 드리우지 마시옵소서.
그리고 왕비 전하의
믿음에 의지하고,
또 마마 때문에 집시가 되었던

한 남자를 생각하셔서,
소인에게 기쁨을
안겨줄 일거리를
주십사 전하께
부탁해주셨으면 합니다.

왕 물론 네 부탁을 들어주도록 하겠노라.
네가 원하는 것이 무엇이냐?

페드로 소인의 요구는 정당한 것이므로
떳떳이 밝히겠나이다.
배우가 되는 것은
사람들을 가르치고
즐겁게 하는
직업이옵니다.
그러기 위해서는 고도의 숙련과
일에 대한 열정,
그리고 무수한 연습이 필요하고
또한 돈을 모을 줄도 알고 쓸 줄도 알아야 합니다.
그러니 관객들을
가르치고 즐겁게 할 수 있는
능력을 가지지 못한 사람은
배우가 되려는 생각조차 해서는 안 되옵니다.
그러니 먼저 모든 배우를

시험해본 다음에 극단을 만들게 해야 합니다.
그리고 말 많은 사람으로 하여금
극단의 대표가 되게 해야 하옵니다.
이건 단순히 그 사람이 가진 경박한 상상력 때문이 아니라,
그래야만 그를 따르는 모든 사람이 최선을 다하기 때문입니다.
이루려고 하지 않는 것은
예술이라 할 수 없사옵니다.

벨리카　　국왕 전하께 그대의 소원을
들어달라고 말씀드리겠소.

왕　　그 밖에 다른 것은
없느냐?

왕비　　전하께옵서는 이 아이를 보고 계셔도
이제 아무렇지도 않습니다.
전하께옵서 이 아이를 위해 어떤 일을 하셔도
저는 그저 기쁠 따름입니다.
저의 질투와 전하 사이에
저의 친조카가 끼어들었으니
이제 전하와 조카,
두 명을 믿습니다.
이제 하늘이 나의
질투심을 가라앉혔으니,

	자, 이제 즐거운 마음으로
	연극을 보도록 해요.
	나는 내 동생에게
	여기서 일어난 일을 알리겠어요.
	(왕비가 퇴장한다.)
왕	드디어 그녀를 마음에 품고
	손으로 만질 수 있게 되었구나.
	만일 과인의 희망이
	불가능하다면,
	상상 속에서나마
	그 희망을 이루겠노라.
실레리오	친족 관계라고
	전혀 길이 없는 건
	아니옵니다.
왕	하지만 그러는 동안 과인은 죽어갈 것이다.
	(왕과 실레리오가 퇴장한다.)
말도나도	벨리카 마마, 기다려주소서.
	소인 집시 족장 말도나도이옵니다.
벨리카	나는 이미 신분이 바뀌었으니
	이제 여기 남아 있을 수가 없어요.
	미안해요, 말도나도.
	다른 날 이야기해요.
이네스	벨리카!

벨리카 왕비 전하께서 기다리셔서, 이제 가야 해.
(벨리카가 퇴장한다.)

이네스 들어가 버렸어! 다른 사람이
그랬다면 그러려니 할 텐데!
내 눈으로 보았지만
믿을 수가 없어.
오, 하느님! 어찌 이리 오만하고
배은망덕할 수 있단 말입니까?

페드로 인생이 변하니까, 변하지 않을 것 같은
많은 것이 깨져버리는구나.
그리도 명랑했던 성격을 다 숨기고
어찌 우리를 이렇게 욕보일 수 있단 말인가?
수천 년간 배워온 것을
한 순간에 잊어버렸어.

시장 페드로, 그렇게 차려 입고
지금 여기서 뭐하나? 무슨 일을 시작했나?

페드로 나 자신을 직시하지 않는다면
끝장날지도 몰라,
저는 이름과 직업을 바꾸었습니다.
비록 이것을 원했던 것은 아니지만
전 망상을 실제로 행하게 되었습니다.

시장 자넨 항상 대단했어.
나는 자네가 알려준 춤으로

상을 타러왔다네.
역시 자넨 자네의 재능과
담대함을 유감없이 발휘했어.
만일 세상에 시동(侍童)이라는 직업이 없었다면
틀림없이 자네의 명성은
후세까지 널리
퍼졌으리라 확신하네.
클레멘테와 클레멘시아는
아주 잘 지내고 있고,
베니타와 파스쿠알 역시
아주 행복해하고 있어.
(왕의 시종 하나가 등장한다.)

시종　국왕 전하 내외분께서 기다리십니다.
어서 시작하시지요.

페드로　이따가 말하도록 하지요.

시종　왜 이리 늦느냐고 난리가 났어.

페드로　여러분, 국왕 전하 내외분께서
안에 계시기 때문에,
여기 계신 모든 분들이 안으로 들어가
연극을 볼 수는 없습니다.
중무장한 경비병들이 시끌벅적한
어중이떠중이들의 출입을 막고 있습니다.
오늘 공연은 내일 또다시 상연하니 여러분은

그때 값싼 입장료로 처음부터
끝까지 다 보실 수 있을 것입니다.
우리 연극은, 결혼과 같이 평범하거나
진부한 장면으로 막을 내리지 않을 것입니다.
혹은 1막에서 아기를 낳고
그 아이가 용맹스럽고
건장한 전사로 장성해서
아버지의 원수를 갚고,
결국 어떤 왕국의 왕이 되는 것으로
끝이 나는 일 따위도 없을 것입니다.
저는 이런 자신감으로 작품을 올립니다.
이 작품은 위대한 페드로 데 우르데말라스의
재치와 재능과 정교한 기술이
그대로 배어 있는 작품입니다.

작가 인터뷰

Miguel de Cervantes Saavedra

세르반테스, 근대문학의 지평을 열다

이 인터뷰는 Miguel de Cervantes, "Prólogo", *En Teatro completo*, (eds.) Florencio Sevilla Arroyo · Antonio Rey Hazas(Barcelona : Planeta, 1987) ; Juan Luis Alborg, *Historia de la literatura española. II. Época barroca*(Madrid : Gredos, 1989) ; Joaquín Casalduero, *Sentido y forma del teatro de Cervantes*(Madrid : Gredos, 1974) ; Francisco Ruiz Ramón, *Historia del teatro español(Desde sus orígenes hasta 1900)*(Madrid : Cátedra, 1986) ; Felipe B. Pedraza · Milagros Rodríguez, *Manuel de literatura española. IV. Barroco : Teatro*〔Estella(Navarra) : Cénlit, 1980〕 등을 바탕으로 하여 옮긴이가 가상으로 구성한 것입니다.

김선욱_ 안녕하십니까, 선생님. 이번에 한국에 선생님의 희곡 작품을 소개하게 되었습니다.

세르반테스_ 그것 참 반가운 일이군. 《돈 키호테*Don Quijote*》야 워낙 유명한 작품이라 널리 번역되었지만 먼 동양의 나라에서 내 희곡 작품에까지 관심을 갖다니 참으로 놀랍네.

김선욱_ 《돈 키호테》뿐만 아니라 선생님의 《모범 소설집*Novelas exemplares*》도 이미 번역되어 있답니다. 그러니 선생님의 대표적인 희곡이 한국에 소개되는 것은 당연한 일이지요.

세르반테스_ 우리 시대에는 동양에 관한 관심이 아주 높았네. 《돈 키호테》 서문에서도 밝혔듯이, 나 역시 중국에서 스페인어를 가르치게 해달라고 국왕께 부탁드린 적이 있지. 아무튼 고맙네. 그런데 무슨 작품을 번역했나?

김선욱_ 〈누만시아La Numancia〉와 〈사기꾼 페드로Pedro de Urdemalas〉를 번역했습니다. 이 두 작품은 선생님 작품 세계의 전기와 후기를 대표하는 비극과 희극이지요.

세르반테스_ 내 희곡 작품 세계를 살펴보기에 아주 적절한 선택인 것 같군. 특히 〈누만시아〉는 내가 애착을 갖는 작품이라네.

김선욱_ 작품에 대한 자세한 이야기는 조금 후에 해주시고, 먼저 선생님의 일생에 대해 간략히 소개해주시지요. 예를 들어 선생님은 〈알제[1] 조약El trato de Argel〉, 〈늠름한 스페인 사람El gallardo español〉, 〈위대한 여 술탄La gran sultana〉 등의 작품을 통해 '포로극'이라는 장르를 개척하셨는데, 이는 선생님이 직접 포로로 생활하셨던 경험과 밀접한 관련이 있다고 들었습니다.

세르반테스_ 그렇지. 나는 1547년 9월 29일 마드리드 근교에서 외과 의사의 아들로 태어났네. 살라망카에서 대학을 졸업한 뒤[2] 스물두 살이 되던 1569년에 이탈리아로 건너가 추기경 줄리오 아크콰비바Giulio Acquaviva의 수행원이 되어 이탈리아 각지를 여행했네. 이때 이탈리아의 유명 작가들의 작품을 접하면서 르네상스 문학에 깊은 관심을 갖게 되었지. 그러면서 고전주의 극에 심취하게 된 걸세. 1570년에는 군인으로 성공하려는 생각으로 입대했고 1571년에 내 일생에서 가장 영광스러운 일이라 할 수 있는 레판토 전투[3)]에도 참가했네. 나는 당시 영웅적으로 싸웠지. 그러나 총상을 입어 왼팔을 잃게 되었어. 그리하여 '레판토의 외팔이El manco de Lepanto'라는 별명을 얻게 된 거야. 전쟁에서 승리하고 1575년 대위로 진급하기 위해 귀국하던 중 해적선에 잡혀 알제리에 포로로 팔려 가 그곳에서 5년간 노예 생활을 했었네. 그러나 그곳에 있던 스페인 상인들의 도움을 받아 몸값을 치르고 자유의 몸이 되어 스페인으로 돌아왔지. 포로로 생활했던 경험이 포로극을 쓰는 데 많은 도움이 되었다고 할 수 있지. 아무튼 귀국한 뒤 군대 경험을 살릴 수 있는 일을 찾았어. 그런데 여의치가 않더군. 몇 가지 직업을 전전하다 결국 글을 쓰게 됐지. 처음에는 반응이 신통치 않았지만 〈갈라테아 1부Primera parte de la Galatea〉를 발표하고 여러 편의 희곡을 상연해 호평을 받으면서 문필가로서 이름을 어느 정도 알릴 수 있었네. 그러나 그것이 생계에 별 도움을 주지는 못하더군. 그래서 세비야로 가 세금 징수관으로 일하게 되었지. 그런데 1597년에 공금 횡령이라는 누명을 쓰고 감옥살이를 하게 됐다네. 결국 혐의가 풀려 석방되었지만 내 인생은 참으로 암울했다네. 억울하게 감옥에서 지내며 《돈 키호테》를 구상했지. 석방된 후 출간한 《돈 키호테》는 많은 사랑을 받았네. 그러나 그 역시 생활에 도움이 되지는 못했어. 하지만 문필가로서의 내 지위는 확고해졌지. 훗날 몇 편의 소설과 희곡을 쓰고,

1615년 《돈 키호테》 제2부와 《8편의 코메디아와 8편의 막간극*Ocho comedias, y ocho entremeses nuevos*》을 출판했네. 하지만 다음해인 1616년 4월 23일에 세상을 떠났지.

김선욱_ 선생님의 희곡 작품의 전반적인 경향이 궁금합니다. 흔히 후세의 문학 연구자들은 선생님의 희곡 작품을 두 가지 흐름으로 나누는데, 선생님은 이에 대해 어떻게 생각하시는지요?

세르반테스_ 작품이 나온 시기에 따라 분류하면 그렇게 되겠지. 그러니까 그들은 내가 희곡을 본격적으로 쓰기 시작했던 1583년부터 1587년까지를 전기로 보고, 잠시 희곡을 쓰지 않다가 〈행복한 악당El rufián dichoso〉을 쓴 1597년경 이후를 후기로 보겠지?

김선욱_ 예, 맞습니다. 하지만 두 시기의 작품이 서로 다른 매우 뚜렷한 특징을 보이고 있습니다. 일반적으로 연구자들은, 전기에는 고전주의적 경향의 작품이 두드러지는 데 반해 후기에는 로페 데 베가Lope de Vega류의 신(新) 연극Comedia Nueva, 혹은 국민 연극Comedia Nacional적인 경향이 나타난다고 보고 있습니다. 특히 로페 데 베가에 의해 시작된 신 연극은 17세기 전반기에 스페인 전역에서 대단한 인기를 얻었고 대중에게 커다란 영향을 미치지 않았습니까? 외람된 말씀이지만 후세의 연구자들은 선생님께서 로페 데 베가의 성공을 시샘해 신 연극의 경향을 받아들였다고 설명합니다.

세르반테스_ 물론 내가 로페 데 베가의 영향을 받지 않았다면 그건 거짓말이겠지. 그러나 그것만으로 내 작품을 평가할 수는 없네. 전반기에 썼던 작품 역시 큰 인기를 얻었다네.

김선욱_ 하지만 대단히 유감스럽게도, 오늘날 남아 있는 선생님의 전기 작품은 〈알제 조약〉과 〈누만시아〉뿐입니다.

세르반테스_ 내가 1615년에 출판한 《8편의 코메디아와 8편의 막간극》의 서문에서도 밝혔듯이, 나는 1583년부터 1587년까지 약 20~30편의 작품을 썼다네. 그런데 그 작품들이 왜 후세까지 보전되지 않았는지는 나도 모르겠네. 물론 그 작품들은 당시 무대에서 상연되었고, 꽤 많은 관객의 박수를 받았다네. 오히려 신 연극적 경향을 가미한 후기의 작품들이 대중적인 성공을 거두지 못했지.

김선욱_ 선생님께서는 신 연극에 대해 비판적 입장을 견지하신 것으로 알려져 있습니다. 고전주의와 신 연극에 대한 선생님의 견해를 말씀해주셨으면 합니다.

세르반테스_ 나는 기본적으로 연극이 보는 이들의 영혼을 순화시킬 수 있어야 하고, 작품을 관객의 취향에 맞추되 도덕적인 면도 충족시켜야 한다고 생각하네. 또한 연극은 인간의 삶을 반영하는 거울이 되어야 하네. 다시 말해 인간의 삶을 사실적이고 진실하게 묘사해야 하는 것이네. 그래서 1583년부터 이런 생각을 반영한 희곡들을 썼지. 그런데 로페 데 베가의 등장으로 시작된 신 연극은 관객의 취향만을 따랐지. 그는 단순히 재미를 위해 개연성이 적은 사건을 그려내면서 관객을 모았네. 관객의 흥미만 중시한, 지나치게 현실주의적인 처사라고 볼 수 있지. 물론 '돈 내고 연극 보는 관객 대중을 가장 중요하게 생각해야 한다'는 취지는 좋아. 그러나 일반 대중의 기호만 따를 경우 연극은 자칫 그저 그런 오락거리로 전락할 위험이 있지 않겠는가?

베가의 연극을 한 번 보게. 그의 작품에는 관객의 기호만 충족시키려는 경향이 나타날 뿐 도무지 심오한 측면이 없다네. 인간성과 사회 인식에 대한 깊은 성찰을 찾아볼 수 없지. 눈물과 웃음 사이를 왕래하면서 관객의 감동만을 이끌어내려는 작품에서 심오한 것을 찾을 수 있겠나? 웃음과 재미 그 자체가 잘못되었다는 말은 아니야. 관객을 웃게 하더라도 해학이나 아이러니, 풍자 같은 기법을 통해 비판적 기능을 유지하면서 웃게 해야 한단 말이지.

또한 우리 시대에 삼일치(연극의 시간, 장소, 행동을 통제하는 세 가지 법칙)를 엄격히 지키지 않는 경향이 나타났다 하더라도 작품의 구조적 개연성 그 자체를 파괴하는 로페의 희곡에는 문제가 있네. 특히 로페의 연극에는 상당히 많은 공간이 나옴으로써 장소 일치의 법칙이 전혀 지켜지지 않고 있지. 연극에 많은 공간이 등장한다 하더라도 그 공간에서 일어나는 사건들이 구조적으로 치밀하게 짜여 있거나 플롯의 구성 역시 탄탄히 엮여 있다면 문제가 없겠지. 하지만 로페의 연극에서는 사건이 차근차근 일어나지 않을뿐더러, 재미를 위해 한 작품에 지나치게 많은 사건이 나타나다 보니 작품의 완성도가 떨어진다는 것이지. 그는 분명 복잡하게 뒤얽힌 사건을 재미있게 다루는 뛰어난 능력을 갖고 있네. 그러나 그의 작품에 진지함이 없다는 것이 그의 한계야. 그는 단지 대중에게 인기 있는 작가이자 많은 작품을 창작해낸 작가였을 뿐이네. 로페의 연극은 자네 시대에 엄청난 인기를 얻고 있는 영화와 비교할 수 있겠지. 대중적인 흥행에 성공하는 상업 영화 말일세.

김선욱_ 선생님 말씀에도 일리가 있지만 로페의 연극에도 나름의 가치가 있다고 생각합니다. 실제로 17세기 스페인 연극사에서 로페가 차지하는 비중은 상당하고, 또한 그가 일반 대중을 연극이라는 장으로 끌어들임으로써 문학과 예술의 지평을 확대한 공로도 당연히 인정해야 할 것입니다. 또한 그의 언어는 얼마나 아름답습니까? 솔직히 당시에 그의 작품은 상당히 재미있다는 평을 받았습니다. 그래서 그의 작품에는 늘 관객이 들끓었다고 합니다. 그것은 작품의 연극적 구조가 상당히 탄탄했다는 것을 반증하는 것이라 생각합니다. 그리고 선생님께서도 후기의 작품에서는 로페의 신 연극적 경향을 어느 정도 받아들이지 않으셨습니까?

세르반테스_ 시대가 바뀌고 관객이 바뀌었으니 당연히 내 작품의 경향도 바뀌어야 했지. 세월이 사물을 변화시키고 예술 기법도 결정하는 시대가 되었으니, 그것을 도외시할 수는 없지 않은가? 그래도 일방적으로 관객의 취향에 아부하려고 하지는 않았네. 평소에 내가 갖고 있던 이상을 당시 스페인 연극계의 현실에 적용하려 애썼을 뿐이지. 그런데 사람들은 그런 노력을 이해하려 하지 않고, 오히려 내가 로페의 연극을 모방했다고만 했지.

김선욱_ 저는 물론 그렇게 생각하지 않습니다. 선생님께서 《8편의 코메디아와 8편의 막간극》 서문에서 밝히셨듯이 선생님은 고전주의적 경향이 나타났던 전기의 작품에서도 혁신성을 추구하셨습니다.

세르반테스_ 그럼, 당연하지. 사람들은 내 작품에 나타난 고전주의적 경향만 보고 내가 전(前)시대적 가치만을 추구했다고 말하지. 하지만 고전주의적 경향의 내 작품에도 새로움을 추구한 흔적이 많이 나타나네. 연극의 형식만 보더라도 나는 기존에 주류를 이루었던 5막으로 구성된 형식에서 벗어나 3막으로 이루어진 형식을 추구했지. 이 형식은 17세기 스페인에서 나타난 국민 연극 형식의 유행이 되었네.

김선욱_ 하지만 선생님보다 앞선 시대의 다른 작가들 역시 3막 형식의 연극 작품을 창작했다고 합니다. 선생님의 전기 작품 가운데 제가 번역한 〈누만시아〉만 하더라도 4막으로 구성되어 있고요.

세르반테스_ 그랬었나? 그럴 수도 있겠지. 하지만 본격적으로 3막 시대를 연 것은 나였다고 확신하네.

김선욱_ 이제 선생님의 후기 작품의 경향에 대해 설명해주셨으면 합니다.

세르반테스_ 사실 나는 전기 작품과 후기 작품의 경향에 그리 큰 차이가 없다고 생각하네. 물론 자네가 살고 있는 시대에 전해지는 전기 작품의 수가 많지 않아 내 작품의 경향을 자세히 분석하는 것은 어렵겠지만 말일세. 하지만 나는 일반적으로 전기 작품에 고전주의적 색채를 많이 가미했고 후기 작품에는 신 연극적 요소를 많이 가미했네. 그러나 앞서 말했듯이 내 작품의 두 가지 경향은 일방적이기보다는 조화롭게 나타났네. 그럼에도 후기 작품에 나타난 특징은, 우선 희극적인 요소가 많아졌다는 걸세. 어차피 연극이란 관객 대중을 상대로 해야 하는 것 아닌가? 내가 활동했던 시대에는 르네상스 시대와 달리 예술가나 작가로 하여금 오로지 자신의 작업에 몰두할 수 있도록 후원하는 문예 보호론자가 드물었기 때문에 대중에게 인기를 얻어야 작품 활동을 지속할 수 있었네. 따라서 작품의 이야기를 코믹하게 꾸미거나 익살스러운 인물을 등장시켜 관객을 웃게 해야 했지. 이 때문에 작품이 지나치게 통속적이고 저급하게 흐른 점이 아쉽기는 하지만 당시의 대세가 그러했어. 그래서 대중성과 예술성, 문학성을 적절히 조화시키는 것이 내 목표였네.

김선욱_ 선생님의 그러한 생각이 〈행복한 악당〉에 등장하는 의인화된 '호기심'과 '코미디' 사이의 대화에 반영되어 있지 않습니까?

세르반테스_ 그렇지. '호기심'은 '코미디'에게 코믹한 요소와 드라마적인 요소가 뒤섞여 있음을 비난하기도 하고 '코미디'가 관객에게 즐거움을 주기 위해 장소를 지나치게 자주 옮기는 것을 비난하지. 그러나 종국에는 '호기심'이 '코미디'의 여러 변명을 수용하네. 나는 그를 통해 내가 대중성과 예술성, 문학성의 조화를 추구한다는 것을 보여주려 했지.

김선욱_ 이제부터는 이번에 한국에 소개되는 작품에 대해 이야기하기로 하지요. 먼저 〈누만시아〉는 16세기 스페인 최고의 비극으로 스페인 연극사에서 가장 중요한 희곡 작품 중 하나로 평가받고 있습니다. 이 작품은 로마군에 의해 함락된 누만시아의 실제 역사를 극화한 것으로, 선생님 생전 당시보다 오히려 사후에 인정받은 작품입니다. 실제로 이 작품은 약 2세기 동안 거의 잊혀졌다가 1784년에 처음 출판되었으니까요. 그러다가 19세기 초 스페인이 나폴레옹의 침략을 받았을 때 스페인 북동부 지역에 있는 사라고사에서 상연되어 엄청난 반향을 불러일으켰고, 또 20세기에는 알베르티Rafael Alberti가 무솔리니의 파시즘을 공격하기 위해 이 작품을 각색하기도 했지요. 이 두 경우는 선생님의 〈누만시아〉를 현재화 시키거나 현대적으로 재해석한 것이라고 볼 수 있지요. 더욱이 이 작품은 1937년과 1965년, 당대 최고의 프랑스 연출가인 바로Jean-Louis Barrault에 의해 파리에서 상연되어 대성공을 거두었고, 1966년 스페인 연출가 미겔 나로스Miguel Narros에 의해 마드리드에서 상연되기도 했습니다. 이로써 오랫동안 인정받지 못했던 〈누만시아〉의 가치가 스페인뿐만 아니라 유럽 전체에서 새롭게 해석되었습니다. 이뿐만 아닙니다. 특히 19세기 유럽의 삼대 지성인 슐레겔, 쇼펜하우어, 괴테 역시 이 작품을 최고의 비극으로 꼽았으며, 이 작품은 독일 낭만주의에도 많은 영향을 끼쳤다고 합니다.

세르반테스_ 그거 아주 반가운 이야기구먼. 후세에라도 내 작품이 인정을 받았다니 얼마나 기쁜지 모르겠네.

김선욱_ 선생님께서는 이 작품의 미덕을 무엇이라 생각하십니까?

세르반테스_ 이 작품은 역사적 사실을 재구성한 것이네. 그래서 나는 실제 역사를 바탕으로 인간의 감정을 생생하게 살리려 애썼지. 나는 이 작품에서 어떤 특정한 시기, 특정한 민족, 특정한 이데올로기 등에 구애받지 않고 비극적 상황에 처한 인간 본연의 생생하고 진실한 감정을 구현하려 애썼다네. 그렇기 때문에 베가의 극과는 달리 후세에도 재해석되고 각색되어 무대에 올려지지 않았나 싶네.

김선욱_ 선생님 말씀에 따르면 〈누만시아〉에서 선생님은 역사적 사실을 극적으로 재구성하는 것을 중요하게 생각하신 것 같습니다. 하지만 작품에 등장하는 '스페인', '전쟁', '굶주림', '두에로 강', '명성' 등 의인화된 인물이 오히려 극의 사실성을 저해하는 요소로 작용할 가능성은 없을까요?

세르반테스_ 물론 그렇게 볼 수도 있겠지. 하지만 이 작품에 나오는 의인화된 인물들은 기존의 종교극에서 나타났던 알레고리화된 인물들과는 성격이 전혀 다르다고 할 수 있네. 우선 내 작품에서 그들은 작품의 극적 사실성을 깨지 않아. 그들은 로마나 누만시아 민중의 역사적 세계 위에 존재하고, 초월적이고 상징적이고 예시적인 기능만 수행하는 인물들로서 작품의 사건에 아무런 영향도 주지 않기 때문이지. 〈누만시아〉에 등장하는 의인화된 인물이 비록 사실적인 인물은 아니지만 그렇다고 해서 작품의 사실성을 파괴하고 있다고 생각하지는 않네.

김선욱_ 후세의 연구자들은 〈누만시아〉가 사건을 통해 전개되는 작품이 아니라 에피소드를 나열하는 서사시에 더 가깝다는 평을 내리기도 합니다. 이에 대해서는 어떻게 생각하시는지요?

세르반테스_ 물론 〈누만시아〉의 소재와 주제는 서사시의 소재나 주제와 비슷하네. 하지만 나는 그 주제를 희곡의 성격에 맞게 변형시켰다고 생각하네. 많은 작가가 서사적이고 소설적이고 역사적인 주제를 희곡으로 창작하지 않았나? 우리 시대의 셰익스피어나 베가의 경우를 봐도 그렇고.

김선욱_ 그렇군요. 〈누만시아〉의 독특한 점 중 하나가 바로 집단 주인공이 등장한다는 것입니다. 이는 기존 문학에서는 볼 수 없었던 장치인데요. 선생님 시대 이전에 여러 명의 주인공이 등장하는 작품은 베가의 〈양들의 마을Fuente ovejuna〉이나 에스킬로Esquilo의 〈페르시아인들Los persas〉 정도입니다. 선생님 이후의 문학에서도 사실 집단 주인공은 그리 낯익은 모습이 아닙니다. 이런 장치를 마련한 특별한 이유가 있는지요?

세르반테스_ 16세기 전반에 걸쳐 스페인에는 광대한 영토를 지키기 위해 겪었던 수많은 전쟁에서 오는 피로감이 쌓여 있었네. 특히 스페인은 영국과의 전쟁에서 패한 후 세계 최강국의 지위를 상실했고, 주도권을 영국에게 넘겨준 후에 스페인에서 나타난 집단 무기력증이나 지배층의 부정부패 등이 복합적으로 작용해 스페인 민중 사이에는 삶에 대한 환멸감 등이 퍼져 있었지. 나는 이를 극복하기 위해 어느 한 영웅에 의한 무용담보다는 스페인 민중을 영웅으로 삼아, 즉 과거에 절망적이고 비극적인 상황에도 불구하고 영웅적인 최후를 마친 우리 민중의 비극적 결말을 제시함으로써, 당대를 살아가는 사람들에게 감동과 교훈을 주고자 했네. 한편으로 '두에로 강'은 누만시아의 비극적인 최후를 예견하고 있으면서도 훗날 스페인의 영광스러운 역사를 예시하고 있네. 나는 이를 통해 관객에게 찬란한 역사에 대한 긍지와 무너져가는 스페인을 되세우자는 의식을 불어넣으려 한 것이네. 이런 내 의도가 18세기 초 나폴레옹이 스페인에 침입했을 때에도 실현되었다고 하니 만족스럽기 그지없군.

김선욱_ 감동과 교훈은 고전주의 작품의 가장 큰 특징이라 생각됩니다. 〈누만시아〉는 가장 완성도 높은 스페인 고전주의 비극이라는 평가를 받고 있습니다.

세르반테스_ 고전주의 작품이라기보다는 고전주의적 경향의 작품이라고 보는 것이 더 정확하지 않을까? 그런 경향의 작품은 나만 쓴 것이 아니네. 우리 세대, 그러니까 16세기 중후반기에는 고전주의가 유행했지. 그러나 내가 그런 유행을 일방적으로 따른 것은 아니네. 〈누만시아〉는 일반적인 고전주의 작품과 많은 차이점을 갖고 있어. 우선 의인화된 인물과 집단 주인공의 양식은 기존 고전주의적 작품에서는 볼 수 없었던 것이지. 물론 의인화된 인물들은 정통 그리스 비극에 나타나는 코러스와 비슷한 역할을 했다고 볼 수 있지만 말일세. 또한 자화자찬일지 모르겠지만, 〈누만시아〉에는 16세기 비극에는 결여되어 있던 작품의 인간적이고 문학적인 가치가 두드러진다네. 그렇기 때문에 이 작품은 단순성과 정확성, 사실성을 성공적으로 성취했다고 볼 수 있지. 그리고 이 작품은 당대에 창작된 다른 비극들처럼 잔혹성 자체를 추구하지는 않았네. 〈누만시아〉의 극적 잔혹성은 자유를 향한 누만시아 민중의 순수한 영웅적 본질로 승화되었기 때문이지. 결국 〈누만시아〉는 자유의 비극이라고 할 수 있네. 의심할 여지없이 이 작품의 가장 인상적인 점은 조국이라는 의식에서 비롯된 절제된 감상성 혹은 애절함에 있다고 할 수 있네. 그런 점이 이 작품의 비극성을 이루고 있다고 할 수 있지.

김선욱_ 그럼 이번에는 선생님 희곡의 구조에 대해 말씀해 주십시오.

세르반테스_ 〈누만시아〉의 1막은 로마 장군의 등장으로 시작되네. 그의 대사에는 반동자한테서 일반적으로 나타나는 부정적인 측면이 드러나지 않지. 적장이지만 오히려 장군으로서의 위엄과 신중함이 배어나오지. 동시에 그는 누만시아의 저항을 위대하게 생각하네. 이렇듯 주동자와 반동자 모두 훌륭한 인물로 그려져 작품의 비극성이 더 돋보이는 것이지. 이어서 누만시아에서 사절이 와서 평화 협상을 시도하지만 거절당하고, '스페인'과 '두에로 강'이라는 의인화된 인물이 등장해 비극적 운명 앞에 놓인 누만시아의 절박한 상황과 그 운명을 벗어날 수 없는 현실에 대해 구구절절 심정을 토로하네. 이 장면에서는 가혹한 운명의 비정함과 그 운명의 힘에서 결코 벗어날 수 없는 인간들의 나약함에서 비롯하는 비극성을 드러내고 있네. 좀전에 자네가 사실성에 대해 말하면서 이 인물들의 설정을 부정적으로 보았지만, 결국 의인화된 인물의 등장은 작품의 비극성을 강조하기 위한 구조로 이해해주면 좋겠네. 그리고 이어지는 2막부터는 작품의 공간이 바뀌지. 로마군 진지가 아니라 누만시아 성벽 내부에서 일어난 일이 마지막까지 묘사되지. 여러 사건, 아니 사건이라기보다는 에피소드라는 용어가 적합하겠군. 어쨌든 나는 여러 에피소드를 빠르게 전개시켰다네. 나는 그것을 통해 평범한 삶을 살아가는 보통 사람들이 갖는 전쟁에 대한 공포를 표현하고 싶었네. 그 공포가 관객을 비극의 중심으로 이끄는 힘이겠지. 나는 사랑하는 연인들, 어머니와 어린 아들, 여인들, 행정관, 사제 등 모든 이의 다양한 시각에서 전쟁과 굶주림의 공포를 다루었네. 1막에서 보이는 전쟁의 모습이 추상적인 비극의 모습을 드러냈다면, 2막부터 보이는 민중의 전쟁에 대한 공포와 그 절망적인 현실 속에서 일어나는 순수한 인간의 사랑을 구체적이고 현실적이고 생생한 감정으로 구현하려고 했네.

김선욱_ 그럼 이제 앞서 언급된 〈행복한 악당〉과 함께 선생님의 가장 대표적인 희극으로 평가받고 있는 〈사기꾼 페드로〉에 대해 말씀을 나누고 싶습니다.

세르반테스_ 〈사기꾼 페드로〉는 아주 독특한 성격의 작품이네. 우선 피카레스크 소설[4]에서 볼 수 있는 내용을 다루고 있지. 어찌 보면 최초의 피카레스크 희곡이라 볼 수도 있겠지. 또한 주인공의 이름인 '페드로 데 우르데말라스'는 이미 기존의 많은 작품에 나타나는 인물로 사기꾼과 식객(食客)의 전형적 인물로 볼 수 있어. 하지만 나는 악한이나 사람들에게 속임수를 쓰고 사기를 치는 다양한 에피소드를 통해 페드로라는 인물을 독창적으로 창조했다고 자부하네. 작품을 읽어보면 알겠지만 페드로가 비록 사기꾼이긴 해도 부정적으로만 그려지지 않고, 어떠한 절망적인 상황에서도 낙심하지 않고 항상 새로움을 찾아 나서는, 밉살스럽지 않고 오히려 친근감 있는 낙천적인 인물로 제시되네. 이 작품은 당대 민중의 다양한 삶의 모습을 볼 수 있게 해주지. 성 후안 축제와 같은 서민의 풍속과 전통, 미신과 속담 등을 묘사하고, 집시들의 노래와 무용을 삽입해 뛰어난 연극적인 효과와 볼거리를 제공하는 등 풍속적인 가치도 아주 높지. 즉 민중적이며 피카레스크적인 맛을 느끼게 하는 작품인 게지. 또한 나는 이 작품의 주제를 희극적인 사건과 상황과 우스꽝스러운 인물들을 통해 단순히 관객을 위한 재미만 추구하는 것으로 삼지는 않았다네. 여러 직업을 거쳐 결국에는 왕이나 귀족이나 성직자가 될 것이라는 예언을 듣고, 이에 반신반의하면서도 신분 상승에 대해 약간 기대하고 있던 페드로는 여러 직업을 거치다가 결국 우연한 계기에 신분 상승의 꿈을 이룬 벨리카와 사랑에 빠지지만 실패하고, 마침내 무대 위에서 모든 역을 다 할 수 있는 배우가 되지. 나는 인간의 이상 실현에 대한 욕구의 성공과 좌절, 실패에 굴하지 않는 낙천적인 삶의 태도, 끊임없이 정체성을 찾아가려는 모습, 허구와 현실의 문제 등 당대를 살아가는 인간들의 모습을 작품에 그려진 주인공의 삶의 역정에 투영했어. 이 작품을 평가하기 위해서는 웃음 뒤에 숨어 있는 이러한 측면을 간과해서는 안 되네.

김선욱_ 왜 이 작품을 피카레스크 희곡이라고 부르시는지 설명해주셨으면 합니다.

세르반테스_ 이 작품을 피카레스크 희곡이라고 부르는 것은 우선 주인공인 페드로가 전형적인 피카로picaro의 삶을 살아가기 때문이야. 1막에서 말도나도와 나누는 긴 대화에서 페드로가 자신의 삶의 역정에 대해 장황하게 설명하고 있지 않나? 그의 인생, 즉 부모를 모르고, 고아원에서 자라면서 여러 나쁜 버릇을 갖게 되고, 고아원을 뛰쳐나와 여러 주인을 따라 세상 이곳저곳 다니며 목숨을 부지하며 배고픔과 심한 구타를 경험하게 되고, 그러면서 속임수와 사기를 배우게 되고……. 이 모든 것이 전형적인 피카로 삶의 모습이네. 또한 페드로는 극중에서도 여러 가지 속임수와 사기 행각을 벌이지 않나? 그러나 나는 그것을 단순히 피카로의 악행으로만 끝내고 싶지는 않았네. 그의 행각을 통해 사회의 여러 가지 불합리한 점을 풍자하고 싶었고, 당시 만연해 있던 인생과 연극, 현실과 허구, 현실과 꿈의 문제 같은 형이상학적 문제까지 다루어보고 싶었네.

김선욱_ 〈사기꾼 페드로〉에서 형이상학적인 문제가 드러났다고 보기는 어렵지 않을까요?

세르반테스_ 페드로가 장님에 대해 이야기할 때나 배우가 되려 할 때 그런 측면이 드러난다고 할 수 있지. 페드로에 따르면, 장님은 비록 보지는 못하지만 이 세상에 만연된 거짓되고 위선적인 측면을 걸러낼 수 있었어. 바로 그런 스승 때문에 페드로는 수만 가지 속임수를 배우고 자신의 재치를 더욱 갈고 닦을 수가 있었네. 그러나 무엇보다 이 세상이 '잔인하고 살벌한 세상'이라는 것과 그 안에서 수많은 사기 행각이 벌어지고 있다는 사실을 명확하게 이해하게 되었지. 페드로는 이러한 가르침과 자신의 실제 경험을 통해 인간이 사악한 마음과 무지몽매함으로 인해 본질과 현상, 진실과 거짓, 언어 소리와 의미를 구별하지 못하고 서로를 속이고 있다는 사실을 받아들이게 되지. 결국 의식적이든 무의식적이든 간에 사람들은 모두 거짓과 속임수와 위선과 무지와 미신이 가득한 이 세상, 즉 '세상이라는 연극'에서 자신에게 부여된 각자 맡은 역할을 하는 배우에 불과하다는 사실을 깨닫게 된 거네. 사람들은 좋은 사람, 덕이 많은 사람, 위엄 있는 사람, 신중한 사람의 역할을 하는 것뿐이지. 그래서 3막에서 페드로는 자연의 존재 이유를 다양성으로 규정하고 다양한 모습을 띠는 것이 신이 우리에게 내린 소명이라고 말한 뒤 마침내 세상이라는 연극판으로 들어가기로 결심한 거지. 즉 페드로는 하나의 사물이나 실체가 다른 사물이나 실체와의 확실한 경계를 허물고 다양성으로 충만한 세계관을 제시하고 있는 것이네.

김선욱_ 그렇군요. 그런데 언어 소리와 의미를 구별하지 못한다고 하셨는데요, 이는 다시 말해 '말의 소리와 의미 사이의 경계가 허물어진다'고 말할 수 있을 것 같습니다. 이에 대해 좀더 자세한 설명 부탁드립니다.

세르반테스_ 자네 그 말을 자네 시대에 쓰이는 포스트모더니즘이니 해체주의니 하는 것으로 해석하고 싶은 모양이구먼. 내가 살던 시대에는 그런 용어가 쓰이지 않았으니 그에 대해 무어라 말할 수 없군. 마지막 마침표를 찍고 나면 작품은 이미 작가의 손을 떠나 다양하게 해석될 수 있으니 논리적이기만 하다면 충분히 그런 입장에서 작품을 해석할 수도 있을 것이네. 내 경우에는 클레멘시아와 클레멘테 사이의 문제와 베니타와 파스쿠알 사이의 문제에서 말의 소리와 의미 사이의 경계를 다루고 있네. 페드로는 클레멘테에게, 자신을 아름답다고 칭찬해주는 말을 싫어하는 여자는 하나도 없다면서 클레멘시아의 아름다움을 항상 칭찬하라고 충고해주지. 페드로는, 사람들이 현실 속에서 항상 거짓된 완벽한 은유적 표현과 아무 장식 없는 불완전한 표현 사이를 방황하고 있음을 알고 있기 때문이지. 그것은 완전한 허구로서 현실의 일그러진 모습이라고도 할 수 있지. 그렇게 사람들은 현실의 일그러진 모습과 현실 그 자체의 경계를 스스로 허물어버리고 있어. 언어에 대한 의식적 혹은 무의식적인 남용으로 인해 변형되는 현실이 이 작품 전체를 관통하는 하나의 주제라고 볼 수 있지. 그것은 당시 불행한 현실에서 도피하려는 욕망의 발로로서,

우리 시대의 대표적인 특징이라고 할 수 있어. 나는 바로 이런 측면을 풍자하고 싶었네.

김선욱_ 베니타와 파스쿠알 사이의 문제는 클레멘테와 클레멘시아 사이에 나타나는 언어의 문제와는 다른 측면이 있지 않은가요?

세르반테스_ 그렇게 생각하나? 물론 양상은 다르게 나타나지만 근본적인 의미는 같다고 생각하네. 성 후안 축제 전야에 제일 먼저 듣는 이름의 남자와 결혼을 해야 한다는 미신을 굳게 믿고 있는 베니타는 음흉한 성당 집사 로케의 장난 때문에 그의 이름을 제일 먼저 듣고 로케와 결혼할 뜻을 굳히게 되지. 자기가 사랑하는 파스쿠알이 있음에도 불구하고 말일세. 이때 페드로가 개입해 파스쿠알에게 이름을 로케로 바꾸라는 제안을 하고, 파스쿠알과 베니타 모두 이를 받아들이게 되지. 이는 단어(언어)의 단순한 발화가 인간의 운명(현실)까지 결정하게 되는 현상이야. 이렇게 언어에 의해 결정된 현실은 이미 사실성을 잃은 뒤틀린 현실일 뿐이네. 이런 측면에서 두 경우 모두 말의 소리와 의미 사이의 문제를 다루고 있다고 볼 수 있지. 또한 나는 이를 통해 당시 만연되어 있던 미신도 풍자하려 했네. 절대적이고 초자연적인 권위를 가지고 있는 미신은, 곧 인간의 이성을 억압하고 결국 인간을 공허한 세계로 이끄는 정신과 영혼의 맹목성을 표상하고 있는 것일세.

김선욱_ 〈사기꾼 페드로〉에는 이외에도 부조리한 사회 현실을 풍자하는 장면이 많이 나옵니다.

세르반테스_ 우선 크레스포라는 인물이 풍자적으로 묘사되었지. 그는 어리석음에도 불구하고 시장이 되기를 바라네. 스스로 말하길, 많은 돈을 뿌려 시장에 당선되었다고 하지. 또한 그의 곁에는 아부하는 인간들이 있네. 그런 인물들을 통해 내가 살던 시대의 통치자를 풍자한 것이지.

김선욱_ 페드로가 뒤에서 조정한 것이긴 하지만 시장은 결국 농부들의 다툼을 현명하게 해결했고, 게다가 클레멘테와 클레멘시아의 사랑도 이어주지 않았습니까? 그가 어리석긴 하지만 결과는 좋았습니다. 또한 그는 모든 것을 법이 정한 대로 순리에 따라 처리하겠다고 선언했는데, 이를 위선적인 통치자의 모습이라고 보기는 어렵지 않을까요?

세르반테스_ 물론 그렇지. 크레스포 시장이 부패한 통치자의 전형은 아니네. 다만 순진하고 어리석은 사람일 뿐이지. 나는 그런 사람이 돈을 써서 시장에 당선되었다는 점과 그의 곁에서 아부하는 위선자들을 풍자하려고 했던 것이지. 크레스포가 농부들의 문제와 연인의 문제를 해결할 때 '법'이나 '순리'를 내세우며 똑똑한 척하더라도 이는 근본적으로 페드로의 지혜와 책략의 결과네. 그는 페드로의 뜻에 따라 움직일 뿐이지. 그러니까 크레스포는 아무것도 깨닫지 못하면서 자기 스스로의 기분에 도취되어 '정의'에 대해 말하고 있을 뿐이네. 어떻게 보면 크레스포는 자신의 미련함을 깨닫지 못한 채 타인의 뜻에 따라 움직이는 우스꽝스러운 희생자라고 볼 수 있지. 즉 이 장면에서는 크레스포에 대한 풍자보다는 페드로의 재치를 통해 사회를 풍자하는 데 중점을 두었네. 왕과 실레리오의 관계에서도 이러한 측면을 볼 수 있지. 왕의 비서인 실레리오는 왕이 올바른 정치를 하는 것을 방해하고 있어. 오로지 왕의 쾌락을 만족시키는 것에만 신경을 쓰고 있지. 이것 역시 내가 살던 시대의 썩어빠진 사회의 모습을 풍자하고 있는 것이네.

김선욱_ 왕은 벨리카를 통해 자신의 욕망을 충족시키려 합니다. 벨리카는 무척 흥미로운 인물이지요. 그녀는 이기적이고 허황되고 못된 성격을 가졌음에도 불구하고 뭇 남성의 사랑을 온몸에 받으며 이 작품에서 유일하게 자신의 희망을 이룬 인물입니다. 벨리카라는 인물을 이렇게 설정하신 특별한 이유가 있는지요?

세르반테스_ 벨리카를 둘러싸고 일어나는 여러 에피소드를 통해 벨리카에게 나타나는 다양한 모습을 표현하고 싶었네. 그녀는 대단히 아름답지만 내면은 그렇지 않지. 작품을 읽어보면 알겠지만 그녀는 자신이 상류층의 혈통을 이어받았다고 믿으며 빵을 구걸하는 것은 싫어하면서 남이 구걸해온 빵을 먹는 데는 조금도 주저하지 않지. 이러한 그녀의 이기적인 모습은 다른 집시보다 훨씬 더 집시적이라고 할 수 있어. 지금도 그렇지만 우리 시대에도 사회적으로 가장 천대받던 집시 말이야. 결말 부분에서 마침내 벨리카가 왕족임이 밝혀지게 되는데 궁에 들어가서도 그녀의 바탕에 깔려 있는 천박함은 전혀 변하지 않아. 벨리카가 집시일 때나 공주일 때나, 그녀의 오만하고 기회주의적이고 배은망덕한 성격은 전혀 바뀌지 않은 거야. 고귀한 신분이지만 그에 걸맞는 고귀한 내적 가치는 지니지 못한 것이지. 이러한 벨리카가 왕궁의 일원이 되었다는 걸 생각해보면, 신분의 고귀함으로 천박하고 이기적인 인간성을 감추고 살았던 왕족을 풍자하려 했던 내 의도를 간파할 수 있을 걸세.

김선욱_ 품격 있고 고상한 성격을 가진 것으로 인식되었던 왕족 역시 본질적으로 일반 백성과 다를 바가 없다는 것을 말씀하시려 한 것이군요. 숲의 궁궐에 머물면서 사냥이나 무도회, 축제, 여자(벨리카) 등에 관심을 기울이는 경박한 왕이나 개인적인 질투심으로 권력을 남용하는 왕비의 모습에서 고귀성은 전혀 찾아볼 수 없습니다. 더군다나 "욕망이 이미 정도의 범위를 넘어섰다"고 말하고, 이러한 욕망을 왕비에게 숨기는 왕의 모습에서 나타나는 속임수와 위선은 왕궁의 권위와 도덕성을 땅에 떨어뜨리고 있습니다. 이 역시 왕실의 부도덕성을 풍자한 것으로 생각됩니다.

세르반테스_ 그렇지. 왕의 부도덕성은 벨리카의 등장으로 더욱 심해지지. 왕궁에서 일어나는 에피소드는 단순히 재미

있고 아무런 해가 없는 장난이 아니라 총체적으로 타락한 정치와 도덕, 사회와 인간이 우스꽝스럽게 묘사된 것이네. 또한 나는 닭 장수와 페드로의 에피소드에서도 고위층의 부도덕성을 드러내려 했네. 얼핏 보기에는 페드로가 닭 장수의 탐욕을 우스꽝스럽게 풍자하고 있는 듯하지만, 사실 이 에피소드는 사회 지배층의 몰염치성과 위선과 탐욕스러움을 비웃는, 상당히 의미 있는 장면이야. 페드로는 애국심과 종교적인 자비심을 들먹이며 닭 장수에게 알제리에 억류되어 있는 두 명의 포로를 구출하기 위해 닭 두 마리가 필요하니 닭을 내놓으라고 말하지. 하지만 닭 장수는 페드로를 세리(稅吏)로 생각해, 포로 구출 같은 일은 정부나 지배층이 하고, 자신과 같은 일반 민중의 재산을 훔쳐가는 일 따위는 하지 말라고 항변하지.

김선욱_ 그렇군요. 저는 〈사기꾼 페드로〉가 관객의 흥미를 유발시키려는 목적에서 씌어진 단순히 재미있는 작품인 줄만 알았는데, 선생님의 말씀을 듣고 보니 당시 만연되어 있던 사회의 부정적인 모습에 대한 총체적인 풍자가 깃들어 있다는 걸 알게 되었습니다. 긴 시간 동안 작품에 대해 친절히 설명해 주셔서 정말 감사합니다.

세르반테스_ 모쪼록 한국에서도 내 작품이 널리 읽혔으면 하네. 나 역시 즐거운 시간 보냈네. 다음에 기회 있으면 또 보세.

— 작가 연보 —

Miguel de Cervantes Saavedra

세르반테스Miguel de Cervantes Saavedra는 1547년 9월 29일에 알칼라 데 에나레스에서 외과의사인 아버지 로드리고 데 세르반테스와 어머니 레오노르 데 코르티나스 사이에서 일곱 형제 중 넷째로 태어났다. 그는 가난한 어린 시절을 보냈다. 아버지는 외과의사였지만 귀가 잘 들리지 않아 제대로 일을 할 수 없었다. 장래도 불투명하고 재산도 없고 무능하고 불구자인 아버지의 유일한 자랑은 그가 귀족 가문 출신이라는 것이었다.

세르반테스의 유년 시절 기록은 그다지 많이 남아 있지 않다. 그는 생활고에 시달리는 부모를 따라 바야돌리드, 코르도바, 세비야, 마드리드 등 여러 곳을 떠돌아다녀야만 했다. 이런 악조건 속에서 그는 상당히 괴팍한 성격으로 변해 어른이 된 후에도 남들에게 그리 호감을 주는 성격이 못 되어 주위에 항상 적이 많았다.

그의 학력에 대해서도 확실하게 알려진 바가 없다. 다만 세비야의 예수회가 설립한 대학이나 살라망카 대학을 다녔으리라는 설이 있다. 1568년부터는 그에 대한 기록이 비교적 상세히 남아 있는데, 그가 마드리드 학교에서 수학했다는 기록이 있다. 1568년 10월 이사벨 1세가 서거하자 이 학교에서 여왕의 죽음을 애도하는 책이 출판되었는데, 세르반테스도 이 책에 시 몇 편을 실은 것으로 알려져 있다. 이 학교 교장이었던 후안 로페스 데 오요스Juan López de Hoyos가 제자인 세르반테스를 가리켜 "우리의 소중하고 사랑스러운 제자"라고 말했다고 한다.

학교생활에 별다른 만족을 못 느낀 그는 1569년 이탈리아로 건너간 뒤 줄리오 아크콰비바 추기경의 수행원이 되어 이탈리아 방방곡곡을 여행하면서 고전과 르네상스 문학에 깊은 관심을 갖게 된다. 그러나 곧 비서 일을 그만둔 세르반테스는 돈을 벌기 위해 1570년 이탈리아에 주둔 중인 스페인 군에 입대한다. 라 마르케사호의 승무원으로 키프로스 원정에 참가했으며, 다음해에는 그가 평생 자랑으로 삼은 레판토 전투에 참가한다. 그는 건강이 좋지 않음에도 불구하고 전투에 참가해 가슴에 두 군데, 그리고 왼팔에 부상을 입는다. 이후 평생 왼팔을 못 쓰게 된 그는 '레판토의 외팔이'라는 별명을 얻는다. 세르반테스는 《돈 키호테》를 쓴 오른팔의 영광을 드높이기 위해 왼팔을 희생했다고 자랑스럽게 말했다고 한다.

그는 부상을 치료하기 위해 메시나 병원에서 얼마간 지내다가 로페 데 피게로아Lope de Figueroa 장군의 휘하에 들어가 훌륭한 군인이라는 명성을 들으며 5년간 더 군에서 복무했다. 코르푸, 필로스, 튀니지 등의 전투에 참전하면서 자신을 승진시켜 줄 상관을 찾아보지만 결국 실패하고 상관에게 아부하는 사람이라는 오명을 얻게 된다. 그를 불쌍하게 여긴 시칠리아 총독 돈 후안 데 오스트리아Don Juan de Austria가 그에게 추천서를 써줘 그는 이 추천서를 갖고 스페인 왕에게 대위 승진을 청원하기 위해 나폴리에서 스페인으로 향하는 배에 몸을 싣는다. 그러나 출항한 지 엿새 만에 그가 탔던 '태양호'가 알제리 해적에게 붙잡혀 결국 형제 로드리고와 함께 알제리에서 포로 생활을 하는 신세가 된다. 해적들이 그에게 오백 에스쿠도를 몸값으로 지불하면 석방해주겠다고 해 그는 불가능한 줄 알면서도 가난에 시달리는 부모에게 편지를 보낸다. 그러나 그의 부모에게 오백 에스쿠도는 꿈도 꾸지 못할 거액이었다. 그리하여 5년간 이국땅에서 고생하던 그는 천신만고 끝에 수도사 프라이 후안 힐Fray Juan Gil을 비롯한 성직자들과 알제리에 거주하고 있던 스페인 상인들의 도움으로 몸값을 치르고 자유의 몸이 되어 마드리드로 돌아온다.

귀국 후 다시 군에 복무하게 된 그는 군 생활이 여의치 않자 달리 살길을 찾고자 몇몇 직업을 전전하다 작가 생활을 하게 된다. 처음에는 별다른 주목을 받지 못하다가 처녀작인 전원 로맨스 《갈라테아*La Galatea*》로 명성을 얻은 뒤 몇 편의 희곡 작품을 발표한다." 그리고 희극 배우였던 젊은 미망인 아나 데 비야프란카Ana de Villafranca와 사랑에 빠져 자신의 유일한 혈육인 이사벨Isabel de Saavedra을 얻는다. 그러나 비야프란카와 금방 헤어진 세르반테스는 서른일곱 살의 나이에 톨레도 지방으로 여행을 갔다가 만난 열아홉 살의 카탈리나 데 살라사르 이 팔라시오Catalina de Salazar y Palacio와 결혼해, 그의 삶 중 가장 행복했으리라 추정되는 시간을 보낸다.

그 뒤로 약 2년간 그는 마드리드를 왕래하면서 약 서른 편의 희곡 작품을 쓴다. 그러나 오늘날 남아 있는 작품은 〈알제 조약〉과 〈누만시아〉뿐이다. 마드리드 문단과 연극계에 그의 이름이 어느 정도 알려졌지만 생계를 유지할 정도는 아니었다. 그래서 그는 1587년부터 1594년까지 스페인 남부 안달루시아의 세비야로 이주해, 당시 세계 최강을 자랑하던 스페인 무적함대의 식량 보급소에서 양정(量定) 관리인으로 일한다. 그는 항상 관리직에 강한 애착을 가졌는데, 이는 어려서부터 가난에 시달린 탓에 잘살고 싶은 욕구가 있었기 때문인 듯하다. 처음에는 이를 군인이라는 직업을 통해 이루려 했으나 뜻대로 되지 않았고, 다음으로 작가라는 직업을 통해 이루려 했으나 그때까지 널리 알려지지 않은 그의 문명(文名)으로는 역부족이었다. 그래서 그 다음 방편으로 관리를 택한 것이다. 그는 농민들에게 체납된 세금을 징수하는 식량 조달관으로서 능력을 인정받아 과테말라의 어느 지방 행정관으로 파견되려 했으나 실패한다.

당시 썩을 대로 썩어 있던 스페인 지도층에게 뇌물을 바치기보다는 자기 직무에 충실했던 그는 상관들과 불화를 겪으며 직무 수행을 소홀히 하게 된다. 그즈음 있었던 감사 결과 양곡을 횡령한 혐의를 받은 세르반테스는 감옥에 간다. 얼마 지나지 않아 혐의가 풀려 석방된 세르반테스의 인생관은 많은 변화를 겪게 된다. 조국을 위해 팔까지 바치고 성심껏 자기 직분에 충실하게 일한 대가로 감옥살이를 하게 된 그는 자신의 양심과 성실성이 사회의 모순과 불의에 의해 여지없이 깨져버리고 말았다고 생각한다.

이때부터 그는 사회악과 부패한 사회 현실을 냉철하게 풍자하려는 결심을 굳히게 되었다. 이러한 결심의 발로가 바로 《돈 키호테》다. 그가 감옥에서 나온 뒤 1604년까지의 생활은 알려진 바가 별로 없지만 불후의 명작 《돈 키호테》를 쓰면서 생계를 위해 다른 희곡도 썼으리라 추정된다.

1605년 드디어 《라만차의 현명한 기사 돈 키호테*El ingenioso hidalgo Don Quijote de la Mancha*》 제1부가 출간된다. 이 작품은 출판과 동시에 선풍적인 인기를 얻어 출판된 그해에만 6판까지 팔리는 베스트셀러가 된다. 그러나 이것이 세르반테스에게 경제적 도움을 주지는 못했다. 쪼들리는 생활고를 못 이긴 세르반테스가 돈을 마련하기 위해 판권을 출판업자에 미리 팔아버렸기 때문이다. 결국 출판업자만 좋은 일 시키고 만 것이다. 그의 불운은 이에 그치지 않고 계속되어 그는 살인 누명을 쓰고 며칠 간 투옥되기도 한다.

이후 그는 1608년에 마드리드로 이주해 왕성한 집필 활동을 펼친다. 1613년에 《모범 소설집》, 1614년에 《파르나소 여행*Viaje del Parnaso*》을 출간한 뒤 《라만차의 현명한 기사 돈 키호테》 제2부를 집필한다.

《돈 키호테》가 큰 인기를 끌게 되자 여기저기서 비슷한 작품이 쏟아져 나오기 시작한다. 타라고나에서 알폰소 페르난데스Alfonso Fernández라는 작가에 의해 발표된 《돈 키호테》가 대표적인 예로, 더 이상의 모방을 막기 위해 세르반테스는 《돈 키호테》 제2부의 집필을 서두른다. 결국 세르반테스는 원래 계획과 다르게 바르셀로나로 향하던 돈 키호테를 중간에 급히 돌아오게 하면서 작품을 마치고 1615년에 출판한다. 이 해에 《8편의 코메디아와 8편의 막간극》도 함께 출간된다.

《돈 키호테》 제2부 역시 장안의 화제를 끌지만 심한 고생과 생활에 대한 불안이 세르반테스의 건강을 크게 해친다. 1616년에 그는 자유롭게 거동할 수 없게 되지만 그 와중에 4월 19일 《페르실레스와 세히스문다의 노고*Los trabajos de Persiles y Segismunda*》를 완성하고 이 작품을 레모스 백작에게 바친다는 헌사를 쓰고 난 며칠 뒤인 4월 23일 붓에서 손을 놓지 않은 채 숨을 거둔다.[1)] 매장 확인서에 따르면 그의 유해는 바로 다음 날 '카예데칸타라나스' (지금의 카예데로페데베가)에 있는 맨발의 삼위일체회Discalced Trinitarians 수도원에 매장되었다. 그러나 무덤의 정확한 위치는 표시되어 있지 않으며 유언장도 남기지 않은 것으로 알려져 있다.

| 주 |

누만시아

1) 스키피오Aemilianus Africanus Numantinus Scipio(기원전 185?~기원전 129)는 3차 마케도니아 전쟁의 승리자 파울루스 마케도니쿠스의 차남이다. 훗날 대(大) 스키피오Publius Cornelius Scipio 장남의 양자가 되었다. '소(小) 아프리카누스'라고도 불린다. 친부를 따라 기원전 168년 마케도니아(피드나) 전투에 참가했고, 폴리비오스 · 파나이티오스를 비롯해 그리스의 문인 · 철학자 · 역사가를 모아 스키피오 서클을 형성해 그리스 문화와 사상의 수입과 보급에 힘썼다.
기원전 151년에 스페인 진영에 가담한 뒤 누미디아(지금의 알제리 지방)의 왕 마시니사의 사신(使臣)으로서 누미디아와 카르타고 간의 분쟁을 조정했다. 기원전 149년 3차 마케도니아 전쟁이 발발한 후 기원전 147년 집정관으로서 카르타고 공격을 지휘했다. 기원전 146년 카르타고를 격파함으로써 3차 포에니 전쟁에 종지부를 찍어 '아프리카누스Africanus'라는 칭호를 받았다. 또한 기원전 134년 스페인 전쟁에서 켈트-이베로족이 최후 반항의 거점으로 삼았던 누만시아를 공략하여 로마의 스페인 지배를 확립함으로써 '누만티누스Numantinus'라는 두 번째 칭호를 받았다. 그 후 동방에서의 반란을 해결하여 기원전 134년에 집정관으로 재임명되었다. 기원전 129년 죽었는데, 그 원인은 밝혀지지 않았다.
2) 유구르타(기원전 160년?~기원전 104)는 로마와 인연이 깊은 누미디아 왕가 마스터나발의 아들이다. 기원전 134년 백부인 미시프사 왕의 명을 받아 스키피오의 누만시아(지금의 스페인) 원정을 도왔다. 기원전 117년에 미시프사 일가를 제거하고 서(西) 누미디아를 차지한 뒤, 기원

전 112년에는 동(東) 누미디아까지 차지했다. 그러나 로마가 이에 간섭함으로써 기원전 111년에 유구르타 전쟁이 일어났다. 기원전 107년 새로 집정관이 된 마리우스가 누미디아에 도착하자 유구르타는 게릴라전을 벌여 계속해서 군사적 성공을 거두었다. 그러나 마리우스의 검찰관인 술라의 부추김을 받은 마우레타니아의 보쿠스 1세가 유구르타를 함정에 빠뜨려 사로잡은 뒤 기원전 105년 초 로마에 넘겼고 유구르타는 이듬해 처형당했다.

3) 가이우스 마리우스(기원전 157~기원전 86)는 이탈리아의 지방 도시 알피눔의 농민 출신으로 일곱 차례나 로마의 집정관을 지냈다. 군인으로 두각을 나타냈으며 기원전 134년에 소(小) 스키피오라 불린 스키피오의 누만시아 원정에 참가해 공을 세웠고, 기원전 105년에는 유구르타 전쟁에서 승리를 거두었다. 집정관으로 재직하는 동안 군제를 시민 군단 제도에서 직업 군인 제도로 바꾸었다. 기원전 88년에는 군 지휘권을 둘러싸고 당시의 집정관인 술라와 갈등을 겪은 뒤 아프리카로 도피했으나 술라가 전쟁으로 외국에 나가 있는 틈을 타 로마로 돌아와 술라파를 제거했다. 그러나 마리우스는 술라가 돌아오기 직전에 병사했다.

4) 두에로 강은 이베리아 반도에서 가장 넓은 강(길이 770킬로미터, 유역 면적 7만 8천 평방킬로미터)이다. 영어로는 도우루 강이라 한다. 스페인 중북부 소리아 주(州)에서 발원하여 남쪽으로 흐르다가 다시 서쪽으로 흘러 스페인의 중앙을 가로지르고, 포르투갈 국경을 따라 남쪽으로 흐르다가 서쪽 대서양으로 흘러간다.

5) '마란드로' 로 나와 있는 판본도 있다. 누만시아의 판본은 여러 개가 있는데 판본에 따라 다르다. 누만시아가 씌어진 것이 16세기 말인데, 그것이 필사본 혹은 필사복본으로 전해지다가 처음으로 출판된 것이 18세기이다. 표기의 차이는 이런 이유에서 비롯된다. 옮긴이가 참고한 판본 중 마란드로로 나온 판본은 아리조나 대학 스페인어문학과에서 발행한 전자서적(http://www.coh.arizona.edu/spanish/comedia/cervantes/numancia1a.html)이다.

6) 당시 영국과 플랑드르 사람은 금발에 하얀 피부, 잘생긴 얼굴의 상징으로 여겨졌다.
7) 비너스는 고대 로마 신화에 등장하는 여신으로 미와 사랑을 상징한다.
8) 마르스는 고대 로마 신화에 등장하는 전쟁의 신이다.
9) 역사학자 모랄레스A. de Morales에 따르면 누만시아 함락 기간에 대한 여러 가지 설이 있으나, 보편적으로 받아들여지고 있는 의견은 14년이 지배적이다.
10) 바코스는 그리스 · 로마 신화에서 풍작과 식물의 성장을 담당하는 자연신으로 특히 술과 황홀경의 신으로 알려져 있다.
11) 타호 강은 이베리아 반도에서 가장 긴 강이다. 스페인 동부 알바라신 산맥에서 발원하여 서쪽으로 흘러 스페인과 포르투갈을 거쳐 1,007킬로미터를 흐른 후 리스본 근처에서 대서양에 흘러든다.
12) 소리아는 마드리드에서 북동쪽으로 175킬로미터 떨어진 두에로 강 연안에 있는 인구 삼만 명의 작은 주이다. 주의 북쪽에는 고대 이베리아 도시인 누만시아의 유적이 많이 남아 있으며, 아랍족이 끼친 영향도 꽤 남아 있다. 주요 산업은 식품가공업 · 제재업 · 시멘트 제조업 등이며, 철도와 간선도로가 방사상(放射狀)으로 뻗어 있다.
13) 오브론 강은 두에로 강의 원류(原流)이다.
14) 미누에사 강은 오늘날 레비누에사 강으로 불린다.
15) 테라 강은 소리아 지방을 흐르는 강이다.
16) 프로테우스는 바다의 신으로, 자유자재로 변신하고 예언의 힘을 가진 노인이다. 호메로스의 《오디세이아》에 처음 나오는 이 신은 종종 포세이돈의 아들로 불리지만 포세이돈 이전의 신이라 여겨진다. 프로테우스는 포세이돈을 위해 바다표범과 그 밖의 바다 생물을 보호했다. 포세이돈이 프로테우스에게 과거와 현재와 미래를 알 수 있는 예지력을 주었으나 그는 예언하기를 싫어했다. 그래서 예언을 들으러 찾아오는 사람을 피하기 위해 불이나 물 또는 야생의 짐승 등으로 모습을 자주 바꾸었다. 카르파토스 섬과 파로스 섬 등 여러 곳을 옮겨 다니며 살았

다고 전해진다.

17) 고트족은 게르만족의 일파로 본래 스칸디나비아 반도에 거주하다가 점차 남하하여 3세기 중엽부터는 로마 영토에 자주 침입했고, 소아시아에서도 약탈 행위를 했다. 370년 무렵 시작된 훈족의 서진(西進) 때문에 프리티게른의 인솔로 376년 로마령인 모에시아Moesia(불가리아 지역)로 이주한 뒤로 민족 대이동이 시작되었다. 이후 로마와 끊임없이 대립하다가 5세기에 스페인 북부에 침입했으며, 알라릭 왕 시대에는 로마에게서 아키텐 지방을 정식으로 양도받아 이곳에 서고트 왕국을 세우고 갈리아 남쪽 지방과 대부분의 스페인 영토를 차지했다. 서고트 왕국은 711년에 아프리카 이슬람 세력의 침입으로 멸망했다. 그러나 스페인은 국토 회복 전쟁을 지속적으로 수행하여 결국 1492년에 이슬람 세력을 스페인 내의 이슬람 세력의 최후 거점인 그라나다에서 완전히 몰아냈다.

18) 아틸라는 게르만족의 이동을 유발한 훈족의 왕으로, 그를 통해 훈족은 한낱 초원의 야만인 집단에서 로마 제국을 쓰러뜨릴 수 있는 공포의 대상으로 성장했다. 서기 434년 훈족의 부족 연맹 지도자로 선출되면서 명성을 떨치기 시작해 451년 북프랑스를 침략했다가 실패하고 2년 뒤에 죽기까지, 아틸라는 탁월한 전술과 무자비한 응징으로 온 유럽을 공포에 떨게 했다.

19) 1527년에 프랑스의 왕 프랑수아 1세와 신성 로마 제국의 카를 5세(스페인에서는 카를로스 1세라 불린다. 주 28을 참조하라)의 군대가 로마에 침입하여 파괴와 약탈을 자행했는데, 당시 교황 클레멘스 7세가 이를 피해 로마에서 탈출한 사건을 일컫는다.

20) 알바노는 스페인의 군인이자 정치가였던 알바(1507~1582)를 가리킨다. 스페인 왕이 교황의 힘을 억제하기 위해 프랑스와 연합하여 그를 로마에 파견했는데, 이후 그는 교황령을 대부분 점령했다.

21) 가톨릭 양왕(兩王)은 카스티야 왕국의 공주였던 이사벨 1세와 아라곤 왕국의 왕자였던 페르난도 2세를 가리키는 말로, 이사벨 1세와 페르난

도 2세의 결혼 후 통합된 왕국이 1492년에 7세기 동안 스페인을 지배하던 이슬람 세력을 몰아내고 국토를 완전히 회복했다. 또한 같은 해 콜럼버스가 아메리카 대륙을 발견하는 데 지원함으로써 스페인 부흥의 기틀을 마련했다.

22) 주피터는 로마 신화에 나오는 모든 신의 우두머리이자 하늘의 지배자로 그리스 신화의 제우스를 가리킨다.

23) 독수리는 로마의 상징이다.

24) 플루톤의 그리스 이름은 하데스이며, 명계(冥界)의 신이자 재물의 신이다. 올림포스의 신들이 온 세상을 활보하고 다닌 데 비해 그는 지하 세계에 틀어박혀 지내기를 좋아했다. 항상 지하 세계에 머물러 있었기 때문에, 올림포스의 창립자 중 한 사람임에도 불구하고 올림포스 열두 신족에는 들지 못한다. 조각상에 나타난 플루톤의 모습은 제우스나 포세이돈과 닮아 당당하게 보이지만 머리카락이 이마까지 내려온 어두운 표정이며, 손에는 명계의 왕을 상징하는 홀(笏)을 들고 있다. 때로는 그의 조각상이 파수를 보는 머리 셋 달린 개 케르베로스의 조각상과 함께 표현되기도 한다.

25) 케레스는 로마 신화에 나오는 여신으로 식용 식물을 관장한다.

26) 그리스어로 '기쁨'이라는 뜻을 가진 카론은 어둠의 신 에레보스와 밤의 여신 닉스 사이에서 태어난 아들로, 죽은 사람을 플루톤의 궁전인 저승으로 데려가는 임무를 맡았다. 카론은 죽은 자들을 쇠가죽으로 된, 바닥이 없는 배에 태워 아케론 강과 스틱스 강을 건너게 해주었다. 그는 장례를 치르고 통행료를 내는 사람들의 영혼만 저승으로 데려갔다.

27) 아직까지 한 번도 사용하지 않았기 때문에 더 큰 힘을 갖고 있다는 의미다.

28) 카를로스 1세(1500~1558)는 신성로마제국의 황제 카를 5세가 스페인의 왕으로 불릴 때 사용되는 이름이다. 그는 스페인에서 아랍족을 몰아낸 이사벨 1세와 페르난도 2세의 외손자이며 신성로마제국의 황

제 막시밀리안 1세의 손자로, 1516년 스페인 왕위를 이어받고 1519년 막시밀리안 1세가 사망한 뒤 신성로마제국의 황제로 선출되었다. 그는 할아버지인 막시밀리안 1세한테서 오스트리아 왕위 계승권을, 할머니 부르고뉴의 마리에게서 플랑드르(지금의 네덜란드 지역), 프랑크 공국, 부르고뉴 백작령을, 외할아버지와 외할머니한테서는 스페인, 중남미 그리고 그 밖의 해외 영토(시칠리아, 나폴리 등 지중해 섬들과 이탈리아의 일부 지역)를 물려받아 세계 최대의 영토를 거느린 유럽 최고의 영주가 되었다.

29) 펠리페 2세(1527~1598)는 카를로스 1세의 아들로, 카를로스 1세에 이어 스페인과 중남미, 이탈리아와 플랑드르를 지배했다. 비록 신성로마제국의 왕위는 이어받지 못했지만, 1588년 영국과의 전쟁에 패배하기 전까지 유럽 최강의 군주로 군림했다.

30) 아라곤 왕국의 왕자였던 페르난도 2세(1452~1516)는 스페인의 국토 회복 전쟁 시절에 카스티야 왕국의 공주였던 이사벨 1세와 결혼해 스페인을 통일하고 1492년 국토 회복 전쟁을 성공적으로 끝냈다. 또한 같은 해 콜럼버스가 신대륙을 발견함으로써, 이사벨 1세와 더불어 세계 최대의 영토를 지배하는 군주가 된다.

31) 그리스의 아르테미스와 사실상 같은 신으로, 들짐승과 사냥의 여신이다.

사기꾼 페드로

1) 문학 · 비문학적인 기록을 포함해 페드로 데 우르데말라스라는 스페인의 민중적인 이름이 가장 처음 나타난 것은 1175년과 1185년 사이에 작성되어 사라고사 성당에 보관된 매도 증서에서다. 이후 이 이름은 극작가 후안 델 엔시나(1468~1529)의 작품에 나타나는 등 많은 스페인 문학 작품에 등장한다. 르네상스 극작가 루카스 페르난데스(1474?~

1542)의 《예수 탄생에 대한 목가 혹은 소극(笑劇)》, 프란시스코 델리카도의 《안달루시아의 발랄한 처녀》, 페드로 우르타도 데 라 베라의 《세상의 꿈에 대한 고통》, 비센테 에스피넬(1550~1624)의 《세비야 여성들에 대한 풍자》에서도 페드로 데 우르데말라스라는 이름을 볼 수 있다. 이 이름은 17세기 스페인 문학에서도 끊임없이 나타나는데, 최초로 돈 후안을 문학적으로 형상화한 극작가 티르소 데 몰리나(1584~1648)의 《바예카스에서 온 아주머니》, 《푸른색 양말을 신은 돈 힐》, 《후안 페르난데스의 과수원》이나 살라스 바르바디요(1581~1635)의 소설 《재치 있는 코르도바 사람, 페드로 데 우르데말라스》에서도 이 이름을 찾아볼 수 있다. 동시대의 극작가이자 시인인 칼데론 데 라 바르카(1600~1681)의 《세상이라는 거대한 연극》에도 이 이름을 암시하는 인물이 등장한다.

2) 1611년 출간된 세바스티안 데 코바루비아스의 사전 《스페인어 보물 *Tesoro de la lengua castellana o española*》에서는 '집시의 족장conde de gitanos'을 다음과 같이 정의하고 있다. "들판이나 마을에서 물건을 훔치는 망나니들의 수장을 가리킨다."

3) 이 역은 실레리오가 대신 할 수도 있다.

4) 아마디스는 가장 훌륭한 중세 기사 소설로 평가받는 《아마디스 데 가울라》의 주인공이며, 갈라오르는 아마디스의 동생이다. 최초의 문헌은 1508년 가르시 오르도녜스(혹은 로드리게스) 데 몬탈보가 스페인어로 쓴 것으로 알려져 있는데, 그는 원본의 저속한 부분을 '수정하고 삭제했다'고 주장했다. 이 책을 통해 미루어 볼 때 《아마디스 데 가울라》는 13세기 말이나 14세기 초부터 유포되기 시작했음을 알 수 있다.

5) 포이보스는 태양의 신 아폴로를 가리킨다. 아폴로는 그리스 종교에서 다양한 기능과 의미를 지니는 신으로, 그리스의 모든 신들 중 가장 널리 숭상되고 영향력 있는 신이다.

6) 리쿠르고스는 고대 그리스 시대 스파르타의 입법자로 스파르타 법의 대부분을 제정했다고 전해진다. 그는 델포이의 아폴로 신전에서 신탁(神

託)을 받고 법률을 만들어 민회(民會) · 장로회 · 민선관(民選官) 등을 설치했다. 경제적으로는 쇄국책(鎖國策)을 채택하고, 금은화(金銀貨)의 주조와 유통을 금지하고 철화(鐵貨)의 유통만을 허용했다. 그리고 토지가 소수에게 집중되고 토지를 잃는 자가 증가함에 따라 사회가 위기에 빠지자 토지의 재분배를 단행하면서 동시에 부국강병을 지향하는 여러 개혁을 실시했으며, 또한 공동 식사 제도 등을 정해 시민의 완전한 평등을 이루었다. 신탁을 받으러 가면서 자신이 돌아오기 전까지 그가 제정한 법들을 결코 어기지 않도록 맹세하게 하고 스파르타를 떠났다가 결국 굶주려 죽었다. 결국 스파르타로 돌아가지 않고 생을 마침으로써 백성들이 그와 한 약속을 영원히 지키게끔 했다는 것이다. 그가 죽은 후 그의 유해조차도 스파르타로 돌아가지 않도록 하여 실제로 스파르타의 법률은 거의 바뀌지 않은 채 500년 동안 유지될 수 있었다고 한다.

7) 레알은 옛 스페인에서 사용되던 은화의 단위를 가리킨다.

8) 16~18세기에 스페인 레알 은화는 일반적인 레알화, 두 배 가치의 레알화, 네 배 가치의 레알화, 여덟 배 가치의 레알화로 구분되었다. 높은 가치의 동전이 더 컸다. 오르나추엘로스는 라가르티하에게 두 배 가치 레알화(이 책에서는 "동전 큰 것"으로 옮겼다) 세 개, (이 책에 "큰 레알 동전"으로 표현된 두 배 크기의 레알 화폐 세 개), 즉 작은 레알 화폐로 6레알을 빌린 셈이다. 그러나 오르나추엘로스는 라가르티하의 우둔함을 이용해, 갚을 때는 동전의 가치를 무시하고 오직 동전의 개수만 따져, 작은 레알 화폐로 3레알만 갚으려 한 것이다.

9) 성 후안 축제(6월 23일)는 미래를 알 수 있는 밤인 동시에 현실을 벗어난 마술적 세계를 경험하는 밤이기도 하다. 또한 무덤들이 불타고 악마가 떠돌아다니며 평야가 세례로 축복 받는 밤이다. 이 날 스페인 사람들은 아침 일찍 축성 받은 물로 머리를 감고 얼굴을 씻는다. 그리고 "성 후안! 성 후안! 빵을 줄게, 감자 빵을 다오!"라고 세 번 외친다. 축제 전날 밤에는 두 가지 중요한 행사가 치러지는데, 춤을 추는 것과 운수를 알아보는 것이다. 운수를 알아보는 것에는 여러 가지가 있다. '처녀가

새벽에 집 밖으로 나가 개를 만나면 단 것을 즐기는 남편을 만나게 되고, 자정이 지난 후 집 밖에 나갔을 때 검은 고양이를 만나면 재수가 없고, 다른 색 고양이를 만나면 재수가 있고, 집 밖에 나갔을 때 처음으로 만나 껴안는 사람이 남편이 될 것이다' 등이 대표적이다.

10) 산 마르틴 포도주는 17세기 유럽에서 즐겨 마셨던 스페인 산(産) 포도주다.

11) 과달키비르 강은 스페인 남부 안달루시아 지방을 흐르는 강으로, 길이가 약 657킬로미터인데, 아랍어의 'Wadi al Kebir(큰 강)'에서 유래했다고 한다. 이 강 하류 유역에 있는 세비야는 16~17세기에 중남미로 항해하는 모든 선박의 항해 종점이었으며, 식민지에서 들여온 금은보화를 기반으로 발전한, 당시 인구 백만 명이 넘는 거대하고 화려한 도시였다.

12) 고대 그리스 · 로마 시대에 군함으로 주로 사용되었다. 노를 젓는 곳이 상하 2단으로 된 돛배다. 당시 사람들은 이 배를 노예나 죄수로 하여금 젓게 했다. 지중해 각국에서는 죄수를 동원해 강제로 전투용 갤리선의 노를 젓게 하는 일이 오랫동안 성행했으나, 지리상의 발견 이후 대양 항해에 적당하지 않자 점차 항해에 이용하지 않게 되었다.

13) 안달루시아는 스페인 남부에 있는 자치 구역으로, 총 여덟 개의 주로 이루어져 있다. 우리에게는 세비야와 알함브라 궁전이 있는 그라나다주가 유명하다. 안달루시아의 면적은 8만 7,600킬로미터로 한국보다 조금 작으며, 인구는 약 730만 정도다. 오랫동안 아랍의 식민지였기 때문에 아랍 문화의 영향을 많이 받았다. 1492년 아랍 세력이 축출되고 신대륙이 발견되자, 신대륙으로 향하는 항구가 있었던 세비야가 경제적 번영을 누렸다. 주요 산업은 관광업과 농업이다.

14) 코르도바는 과달키비르 강 중류 유역에 있는 안달루시아 지방의 중앙에 있는 도시다.

15) 아스투리아스는 스페인 북서부에 있는 지방이다.

16) 멀린은 아서 왕 전설에 등장하는 마법사다.

17) 엘 시드의 본명은 로드리고 디아스 데 비바르(1043?~1099)로, 스페인이 아랍의 식민 통치에서 벗어나기 위해 벌인 국토 회복 전쟁 당시의 영웅이다. 스페인의 국민적 영웅이며 그를 주제로 한 문학 작품도 많다. 12세기 카스티야에서 지어진 최초의 스페인어 서사시 〈엘 시드의 노래〉와 1637년에 초연된 피에르 코르네유의 비극 〈르 시드〉가 대표적이다.

18) 말헤시는 기사 소설에 자주 등장하는 뛰어난 마법사다.

19) 말라스malas는 스페인어로 '나쁜'이라는 뜻의 형용사다.

20) "로케"를 가지고 말장난을 하고 있다. 성당 집사의 이름이기도 한 "로케"는 체스에 사용되는 말 중 하나로 장기의 차에 해당한다.

21) 스페인의 속담이다. 이와 비슷한 속담으로 "이웃집 아이 코 닦아주고 너희 집 딸과 결혼시켜라"도 있다.

22) 두카도는 옛 스페인에서 사용되던 금화의 단위를 가리킨다.

23) 압살롬은 다윗 왕의 셋째 아들로 이스라엘 최고의 미남이었다. 《구약성서》 〈사무엘〉편에 그에 대한 이야기가 수록되어 있다. 압살롬의 이복형 암논이 친동생 다말을 폭행하고 강간했음에도 다윗이 암논을 2년이 지나도록 벌하지 않자, 그에 분노한 압살롬이 암논을 살해한 후 도망쳐 3년 동안 숨어 살았다. 3년 후 압살롬은 다윗 왕의 재가를 얻어 귀환하지만 곧바로 반역을 일으킨다. 결국 압살롬이 패하게 되고 다윗은 가신들에게 자식을 죽이지 말라고 명령하지만, 나귀를 타고 도망가던 압살롬은 큰 나뭇가지에 평소 자신이 그토록 자랑스러워하고 소중히 여겼던 머리카락이 걸려 다윗의 군사에게 살해된다.

24) 포토시는 볼리비아 남서부의 광산 도시다. 1545년 은(銀) 광산이 발견된 뒤 건설된 도시이며, 신대륙에서 가장 오래된 광산 도시로 알려져 있다.

25) 그리스 신화에 나오는 강의 신 아켈로스는 아름다운 처녀 데이아네이라를 두고 헤라클레스와 싸우다 헤라클레스의 힘을 도저히 못 이겨 뱀으로 변신해 덤빈다. 그러나 헤라클레스에게 목이 잡혀 다시 황소로

둔갑하다가 뿔 하나가 뽑혀버린다. 물의 요정들이 이 뿔을 거두어 안에다 과일과 꽃을 담아 풍요의 여신인 아말테이아 여신에게 바친다. 여신이 이 뿔을 축복한 뒤로 이 뿔에는 아무리 꺼내도 늘 과일과 꽃이 찼기 때문에, 이 뿔은 이때부터 코르누코피아cornucopia, 즉 풍요의 뿔이 되었다.

26) 부루넬로는 이탈리아 르네상스 시대의 시인 보야르도(1434~1494)와 아리오스토(1474~1533)의 시에 나오는 솜씨 좋은 도둑이다.

27) 시논은 그리스 전설에 등장하는 인물이다. 트로이 전쟁 때 그리스인들이 트로이 성에 들어가기 위해 나무로 만든 거대하고 속이 비어 있던 말을 만들었는데, 그리스의 첩자 시논은 트로이인들에게 이 말이 트로이를 난공불락의 성으로 만든 아테나 여신에게 받치는 제물이라고 속였다.

28) 데모스테네스는 고대 아테네의 웅변가이자 정치가로, 아테네가 신흥 마케도니아에게 위협을 받고 있었을 때, 정계로 진출해 세련된 의회 연설로 조국의 분기(奮起)를 촉구했다. 처음에는 이소크라테스의 영향으로 조화되고 세련된 문체를 사용했으나 점차 중후하고 압도하는 문체로 바뀌었다. 알렉산드로스 3세가 죽은 후 다시 반(反)마케도니아 운동을 전개하다가 실패해, 사형 선고를 받자 카라우레이아로 도주하여 음독 자살했다.

29) 원서에는 방백 표시가 없지만 독자의 이해를 돕기 위해 방백 표시를 했다.

30) 원서에는 방백 표시가 없지만 독자의 이해를 돕기 위해 방백 표시를 했다.

31) 에스쿠도는 옛 스페인 화폐의 단위다. 레알이나 두카도와 같이 모두 금화와 은화의 이름이다.

32) 카쿠스는 로마 신화에 나오는 불의 신 불카누스(그리스 신화의 헤파이스토스)의 아들로, 사람을 잡아먹어 인간을 공포에 떨게 했다. 헤라클레스가 게리온의 가축을 빼앗아 아르고스로 가던 중 카쿠스의 동굴을

지나가게 되는데, 카쿠스가 이를 보고 소들을 탐냈다. 카쿠스는 헤라클레스가 잠을 자는 동안 소 몇 마리를 훔쳐 자기 동굴로 들어간다. 잠에서 깬 헤라클레스가 사방으로 소들을 찾아보지만 발자국을 추적할 수 없었다. 그런데 헤라클레스가 남은 소 떼를 이끌고 카쿠스의 동굴을 지나갈 때 소 한 마리가 울음 소리를 내어 카쿠스의 짓이 탄로나고 만다. 카쿠스는 불을 뿜으며 대항하지만 결국 헤라클레스에게 목을 졸려 살해당한다.

33) 벨리카는 이사벨의 별칭이다.

34) 고전 작가들(일반적으로 17세기 이전의 작가들을 가리킨다)은 화요일이 친구와 친척의 죽음을 야기하는 전쟁의 신 마르스에게 바쳐진 날이기 때문에 운이 없는 날이라 생각했다. 그렇기 때문에 화요일에 여행을 하거나 결혼을 하면 불행이 온다고 믿었다.

35) 당시에는 교회에서 자선 사업을 위한 재정을 마련하기 위해, 교회 구성원들이 거리로 나가 성금을 모금하는 일이 많았다. 배우는 페드로가 이런 일을 하고 있다고 생각하는 것이다.

36) 페스는 모로코 북부에 있는 도시다. 스페인과 포르투갈의 기독교 세력이 이 도시를 차지하기 위해 모로코의 이슬람 세력과 수차례 충돌을 일으켰다.

37) 아틀라스 신은 그리스 신화에 나오는 신으로 천계를 어지럽혔다는 죄로 어깨로 하늘을 떠받치는 벌을 받게 되었다. 페르세우스가 그를 돌로 변하게 하여 고통을 덜어주었다고 한다. 아틀라스가 변한 것이 지금의 북아프리카에 있는 아틀라스 산맥이며, Atlantic Ocean(아틀라스의 바다, 대서양)의 어원이 되었다.

38) 니콜라스 데 로스 리오스는 스페인 톨레도 출신의 유명한 배우이자 극단의 대표였다. 그가 언제 태어났는지는 알려지지 않았다. 1586년 자신의 극단을 설립했고, 1603년 공포된 법령에 의해 작품을 상연할 수 있는 여덟 명의 극단 대표 중 한 사람이 되었다. 1610년에 마드리드에서 사망했다.

1) 알제는 알제리의 수도이다.
2) 세르반테스가 대학을 나왔다는 것은 많은 학자들이 믿고 있는 것일 뿐, 그가 실제로 대학을 나왔다는 자료는 발견되지 않았다.
3) 레판토 전투는 이슬람 세력의 맹주 오스만 제국(터키)과 가톨릭 세력의 맹주 스페인이 서지중해의 패권을 놓고 1571년 레판토(그리스와 이집트 사이의 동쪽 지중해 연안) 앞바다에서 벌인 해전이다. 15세기부터 세력을 유럽 쪽으로 뻗치기 시작한 오스만 제국은 16세기에 와서 그 세력이 매우 강해져 육로로 비엔나를 두 번이나 공략했으며, 해로로는 지중해 일대를 넘나들며 유럽과 동방 간의 교역을 방해했다. 한편 같은 시기 유럽에서는 스페인 세력이 매우 강력해졌고, 같은 지역에서 활동한 두 세력의 충돌은 당연한 결과였다. 이 전쟁에서 스페인이 승리함으로써 유럽은 이슬람 세력이 서지중해로 팽창하는 것을 막을 수 있었으며, 당연히 유럽에서 스페인의 위상은 높아졌다.
4) 피카레스크 소설, 즉 악한소설은 16세기 중반 스페인에서 나타나 17세기까지 크게 유행한 장르로서, 기존의 창작 작품과 달리 이상적인 영웅이나 성인(聖人)을 주인공으로 설정하지 않고 지극히 현실적이고 이기적인 사회의 주변인을 주인공으로 삼는 소설이다. 당시 스페인에는 피카로라고 불리던 무직자, 불량배, 사기꾼 등이 많았는데, 피카레스크 소설은 바로 이들을 주인공으로 등장시켜 자전적(自傳的) 형식으로 이야기를 엮어나간다. 피카레스크 소설은 굶주림을 면하기 위해 여러 주인의 시종으로 떠돌아다니는 주인공은 물론 주인의 생활 등도 주요 풍자 대상으로 삼는 사회 풍자 문학이라 할 수 있다. 작품의 주된 동력은 굶주림이다. 그들이 사람을 속이고 도둑질을 하고 사기를 치는 이유는 오로지 배고픔 때문이다. 최초의 피카레스크 소설은 디에고 우르타고 데 멘도사의 작품으로 추정되는《라자리요 데 토르메스》(1554)이다.

작가 연보

1) 1616년 4월 23일은 영국의 대문호 셰익스피어가 사망한 날이기도 하다. 그러나 세르반테스와 셰익스피어가 같은 날 죽은 것은 아니다. 공식적인 날짜는 같지만 실제로 죽은 날은 다르다. 당시 유럽은 줄리어스력(歷)을 사용하고 있었는데, 1582년 교황 그레고리 11세의 칙령에 의해 모든 가톨릭 국가가 그레고리안력을 사용하게 되었다. 그러나 영국은 1752년까지 줄리어스력을 사용했다. 그러므로 같은 4월 23일이라 하더라도 스페인에서는 그레고리안력에 따른 것이고 영국에서는 줄리어스력에 따른 것이라 실제 날짜는 다르다. 당시 영국의 4월 23일은 스페인의 5월 3일에 해당된다.

옮긴이에 대하여

김선욱은 고려대학교와 같은 대학 대학원에서 서어서문학을 전공하고 마드리드 콤플루텐세 국립대학에서 17세기 스페인 드라마를 전공해 박사 학위를 받았다. 그는 대학 때 연극 활동(배우 · 연출)을 하면서 스페인 연극에 매력을 느낀 후, 스페인 드라마를 연구하게 되었다.

유학을 마치고 귀국해 고려대, 배제대, 강원대에서 강의를 하고 있다. 젊은 연극인의 모임인 '공연과 이론을 위한 모임'의 정회원 · 편집위원으로 드라마투르그와 평론가로 활동하면서 〈일체유심조(一切唯心造)의 미학적 형상화 —그것은 목탁 속의 작은 구멍이었습니다〉, 〈성과 권력에 대한 욕망—미실〉, 〈성에 대한 유쾌한 논의—오! 발칙한 앨리스〉, 〈구전 설화 이야기하기의 또 다른 형식—또채비 놀음놀이〉, 〈희극성의 성공과 실패—수레 무대의 곰〉, 〈셰익스피어의 한국화 : 재미와 깊이?—한여름 밤의 꿈〉 등의 평론을 썼다. 그리고 〈거짓말 같은Parece mentira〉, 〈그리고 당신과 멀리 떨어진 곳에서 죽는다는 큰 두려움Y el miedo enorme de morir lejos de ti〉, 〈기도La oración〉 등 스페인어 작품 상연에 드라마투르그로 직접 참여하여, 문학 텍스트를 무대 텍스트로 전환하는 과정에서 작품의 이해를 높이는 작업을 하고 있다.

또한 그는 잘 알려지지 않은 스페인어권의 희곡을 한국에 소개하기 위해 몇 편의 스페인 희곡과 중남미 희곡을 번역하고 있다. 옮긴 작품으로는 멕시코의 카를로스 솔로르사노Carlos Solórzano의 〈신의 손Las manos de Dios〉과 하비에르 비야우루티아Javier Villaurrutia의 〈거짓말 같은〉, 아르헨티나의 마르셀로 베르투치오Marcelo Bertuccio의 〈그리고 당신과 멀리 떨어진 곳에서 죽는다는 큰 두려움〉 등이 있다. 그리고 2002년 대산문화재단의 외국 문학 번역 지원 대상에 선정된, 20세기 초 스페인의 대표적인 극작가 바예 인클란Ramón de Valle Inclán의 〈보헤미아의 빛Luces de Bohemia〉, 〈성스러운 말씀Palabras divinas〉, 〈은빛 얼굴Cara de plata〉을 번역해 출간을 앞두고 있다. 주요 논문으로는 〈'인생은 꿈이다'에 나타난 꿈과 현실의 형이상학적 문제〉, 〈최근 5년간 창작극 현황—한국〉 등이 있으며 앞으로 아직까지 한국 문학 · 연극계에 낯선 스페인-중남미 연극 작품의 번역과 연구를 바탕으로 국내에 소개하고자 한다.

seonukk@hanmail.net

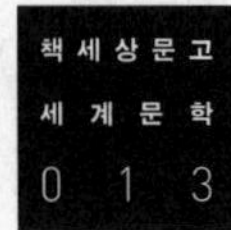

누만시아 · 사기꾼 페드로

초판 1쇄 | 2004년 1월 20일
개정1판 1쇄 | 2006년 6월 25일

지은이 | 미겔 데 세르반테스
옮긴이 | 김선욱
펴낸이 | 김직승
펴낸곳 | 책세상

전화 | 704-1250
팩스 | 719-1258
주소 | 서울시 마포구 신수동 68-7 대영빌딩(우편번호 121-854)
이메일 | world8@chol.com
홈페이지 | www.bkworld.co.kr

등록 1975. 5. 21 제1-517호
ISBN 89-7013-427-1 04870
89-7013-373-9 (세트)

책값은 뒤표지에 있습니다.
잘못된 책은 바꿔드립니다.